戦う終活

〜短歌で啖呵〜

三浦清一郎 著

日本地域社会研究所　　　コミュニティ・ブックス

まえがき

啄木を愛読しながら育った自分には、啄木の感情が伝染した。わが短歌は時に、弱々しい自己憐憫、また時に、怒りや恨みの激しい吐露。人生に落ち込めば、溜め息や愚痴や感傷の繰り言。若い時は、憧れと希望と恋文、多くは意味不分明の情熱だった。

年をとるに連れて、過去は美しく濾過され、歌うほどに郷愁と回想が増す。だから短歌は「終活」に似合っている。恥ずかしい恨み言や世迷い言を取り除けば、何やら人生の総括ができ上がる。

31文字では、思想を述べるには短く、論理の展開にも足りない。にもかかわらず、終活は人生を鳥瞰する。窮屈な短歌の制約の中で、独り言の自問自答を繰り返し、偉そうに警告も発し、焦燥や哀願を囁き、懺悔し、未練の捨て台詞をまき散らす。

執筆に際し、久々に万葉集も昭和万葉集も読んだ。過去の歌集を読み返し、先人達もまた2千年の歴史の中で似たような思いで歌を詠んで来たと分かった。日本語に短歌が残ったことは誠にありがたい。自由律にして定型を崩したところも多いが、手本は啄木と善麿と牧水である。

終活は、普通、「遺言書」を兼ねるが、子ども達への遺書は別に書き上げた。お世話になった方々へのお礼が少ないが、それも別途、月刊生涯学習通信「風の便り」に書いた。

終活短歌が意味不明の八つ当たりにならぬよう、またこれまでの著作に連動するよう晩年の主張や小さな感想を付加した。結果的に、「短歌」は「啖呵」の気分を孕んだ。出版を引き受けてくれた日本地域社会研究所の落合英秋社長に断片を見てもらったら、「過激にして感激あり」と煽てられ、ブタも木に登ったという次第。読者のみなさまとどこかで思いが重なれば著者望外の喜びである。

目次

1　死に近く、独りを生きる

日々身体が利かなくなって行く、人生は正に四苦八苦だ。

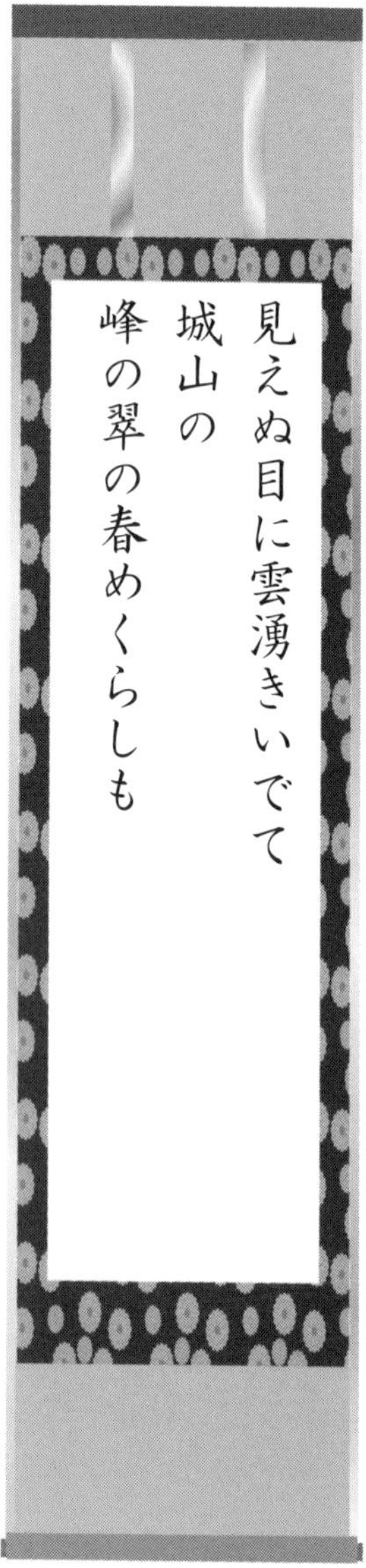
見えぬ目に雲湧きいでて
城山の
峰の翠の春めくらしも

人生は正に四苦八苦である。目が見えなくなり、足腰も痛い。初めの四苦は生老病死。次の四苦は、第1が愛別離苦《あいべつりく》（愛する者と別れる苦しみ）、第2が怨憎会苦《おんぞうえく》（怨み、憎しみあう苦しみ）、第3が求不得苦《ぐふとくく》（求めているものが得られないことから生じる苦しみ）、第4が五蘊盛苦《ごうんじょうく》（執着する苦しみ）である。「五蘊」とは色・受・想・行・識だという。後期高齢者には全部がやって来る。

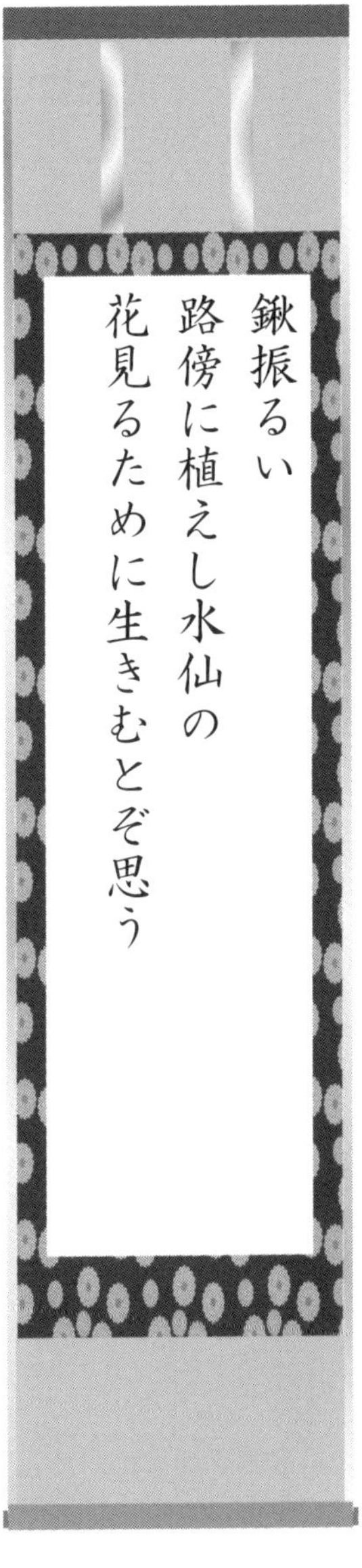
鍬振るい
路傍に植えし水仙の
花見るために生きむとぞ思う

未来に縋るものがあれば何でもいい。未来を見るために生きられる！　来年の早春に花咲く水仙を見て死にたい。問題は次の年だ。水仙を見た後、今度は何を見るために生きるか！　縋るものは年々発明しなければならない。

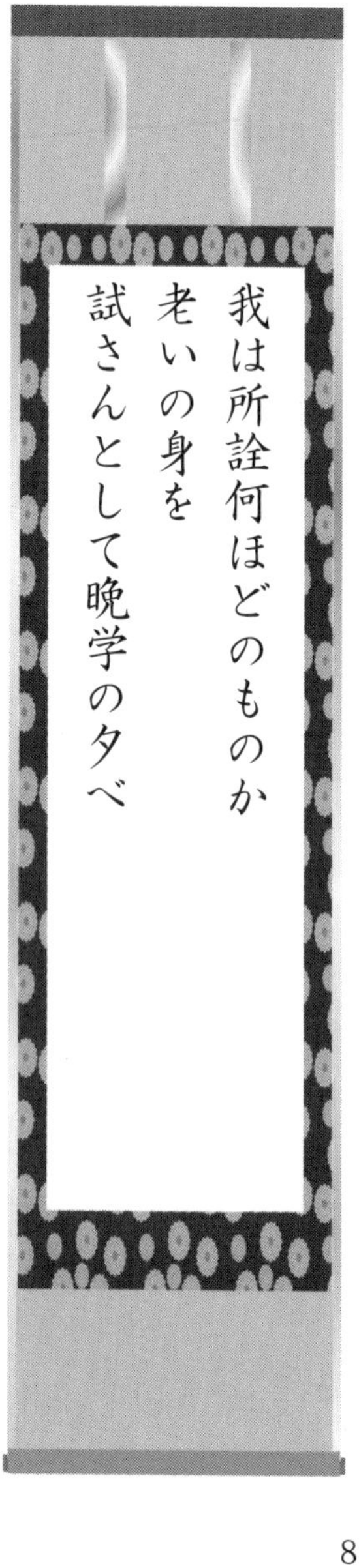
我は所詮何ほどのものか
老いの身を
試さんとして晩学の夕べ

せめて誰かが認める何者かでありたいと思う。切に思う。静かに消えるだけでは諦めきれない。憧れを教わったせいか、大志を抱けという学校へ行ったせいか。とにかく晩学の精進だけが己を落ち着かせる。

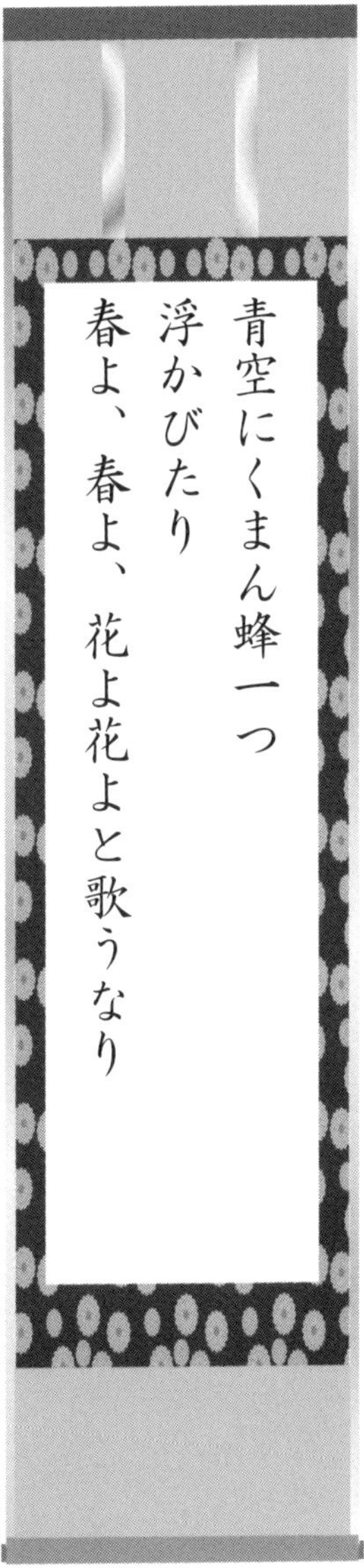
青空にくまん蜂一つ
浮かびたり
春よ、春よ、花よ花よと歌うなり

花鳥風月は好きだが、花鳥風月だけでは生きられない。西行や芭蕉を尊敬してもあの生き方は到底できない。隠居・放浪は達人だけに許された生き方であり、凡人が身を滅ぼす生き方である。それでも花鳥風月にほっとする。花鳥風月を愛でて穏やかに死んで行きたいものだが凡人にはできない。辛いところである。

気がつけば生きるだけで疲れ
寝るだけで疲れる
容易ならぬかな

外の仕事を請け負ったときだけ気合いが入る。年寄りの講義は「格闘技」である。次のお座敷を賭けた勝負でもある。みんなに見られて元気になる。外の仕事が欲しい。私が特別欲張りなわけじゃない。「社会的承認」は人間が生きるのに必要なのだ。年寄りはゲートボールでもやって引っ込んでいろと世間は言う。何が一億総活躍社会だ!!

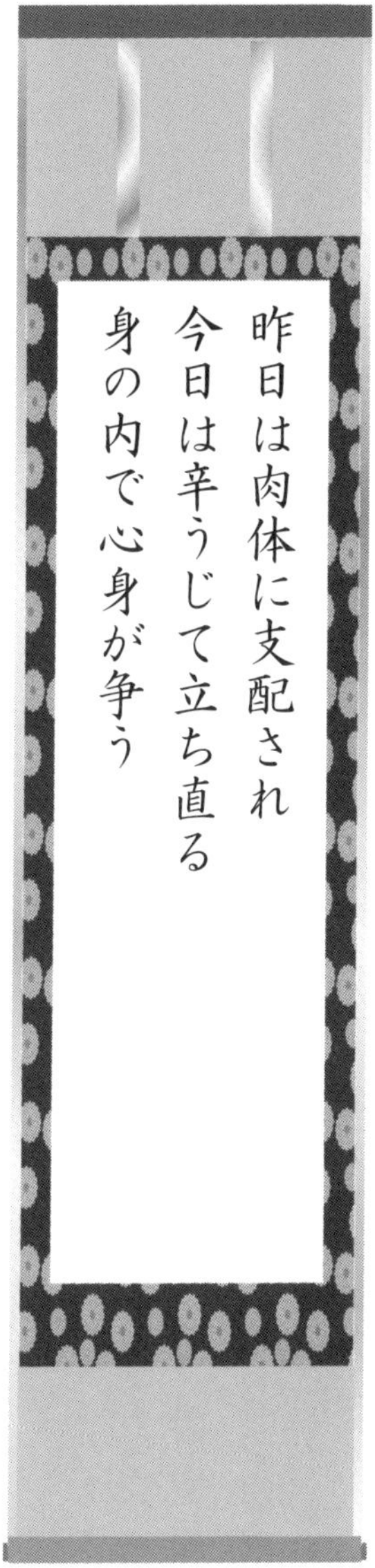
昨日は肉体に支配され
今日は辛うじて立ち直る
身の内で心身が争う

気持ちが萎えて、終日、テレビを見る。信じられない精神の停滞。昼寝をして熱い風呂に入ったら元気が出た。こうしちゃ居られないと思う。何をすればいいのか、どこへ行けばいいのか分からないが、こうしちゃ居られないと思うのだ。

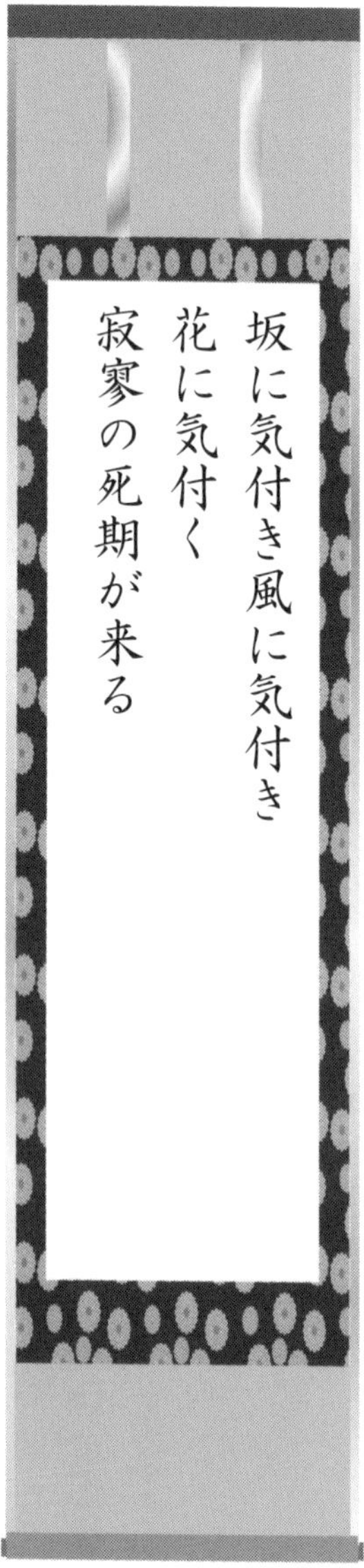
坂に気付き風に気付き
花に気付く
寂寥の死期が来る

散歩の足が重いと思ったら緩い坂だった。去年まで気付かなかった坂だった。行きの足が軽いときは追い風だ。帰りは向かい風に気付く。紫陽花が色づき始めた。紅葉に小鳥が来ている。今朝もまた蜘蛛が巣を張った。年をとると小さなことが見えて来る。末期の眼か？

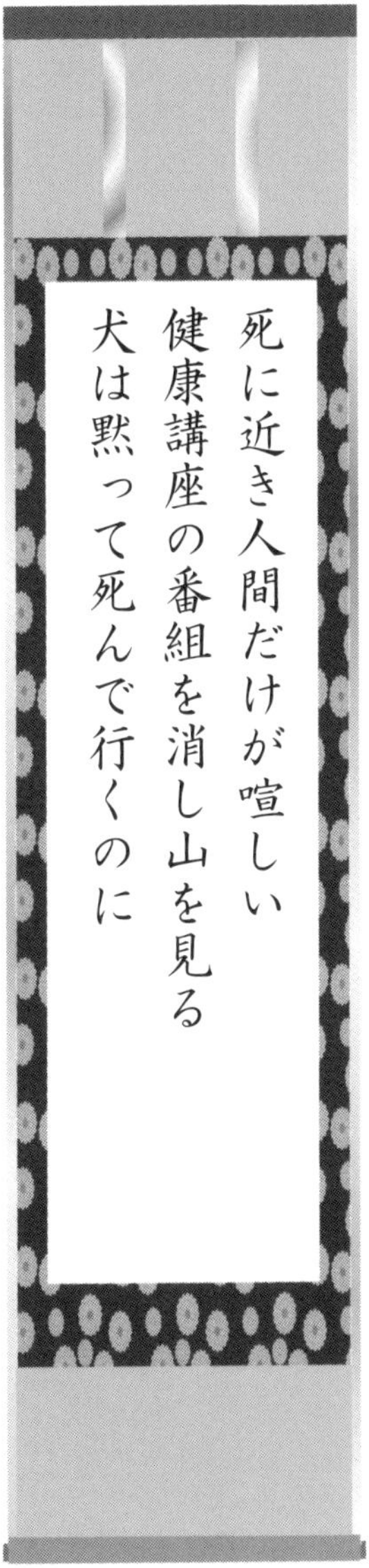
死に近き人間だけが喧しい
健康講座の番組を消し山を見る
犬は黙って死んで行くのに

　老いても、衰えても、犬は騒がない。躓いても、飛び越せなくても全力を尽くす。痛いのだろうが静かに寝床に伏せる。それにひきかえ人間は取り乱して喧しい。「癌」から生還したとニュースキャスターが喧しい。それがどうした！死ぬ前は、がまんして喧しくなるまいと思う。犬に学ぶことは多い。

訃報続くテレビニュースを背に受けて
こうしちゃおれぬ
と思うことあり

天皇ご夫妻もご高齢、やがて平成が終わる。自分も日没に近い。ご夫妻が戦場を巡る旅に、気持ちの上では同行した。YouTubeで「海行かば」を何十回も聞いた。「屍」の風景が美しい歌に成るとは思わなかった。大伴家持も、信時潔もこの歌のもとで何百万もの日本人が死んだことはさぞ辛かったことだろう。

業を生き煩悩を生き今日までの
戦いを生き
未だ不満を言うか

　平均寿命まで行くか、平成を越えるか？　平成は平静な時代ではなかった。孔子の教えを忘れた、ならず者国家中国の台頭や庶民政党・民主党の無能など見たくないものも見た。最後は、プーチンの陰謀や憲法をねじ曲げる安保法の成立も見た。わが一生のうちに過疎の村を救うことはできまい。鳴り物入りで就任した地方創生担当大臣は論理的で大胆と期待したが、世襲政治の中では所詮凡庸。「そうせいのかけ声だけで村は消え」と茶化されている。拙著『「消滅自治体」は都会の子が救う――地方創生の原理と方法』を読んだらどうか！

解決策を書いておいた。年寄りは怒りっぽくて、愚痴っぽくていけない。入り日入り日真っ赤な入り日何か言え一言言って落ちも行けかし（今井邦子）。

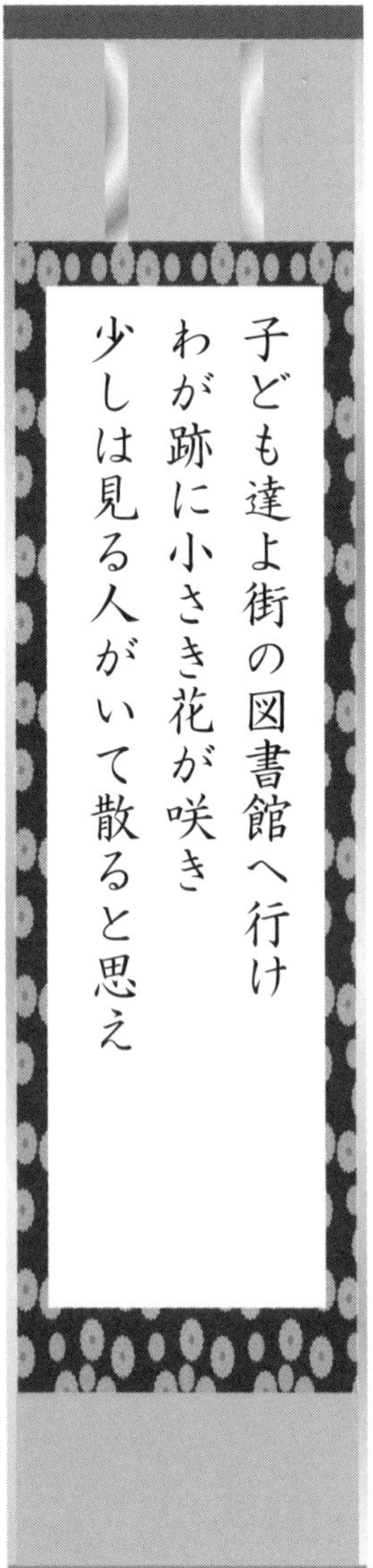
子ども達よ街の図書館へ行け
わが跡に小さき花が咲き
少しは見る人がいて散ると思え

拙い本だが街の図書館に並んだ。晩年の証はそれだけだ。恨む勿れ、知る人なきを、出る幕なきを。未練者には何もかも足りないが、それでも精一杯に生きたのだ。

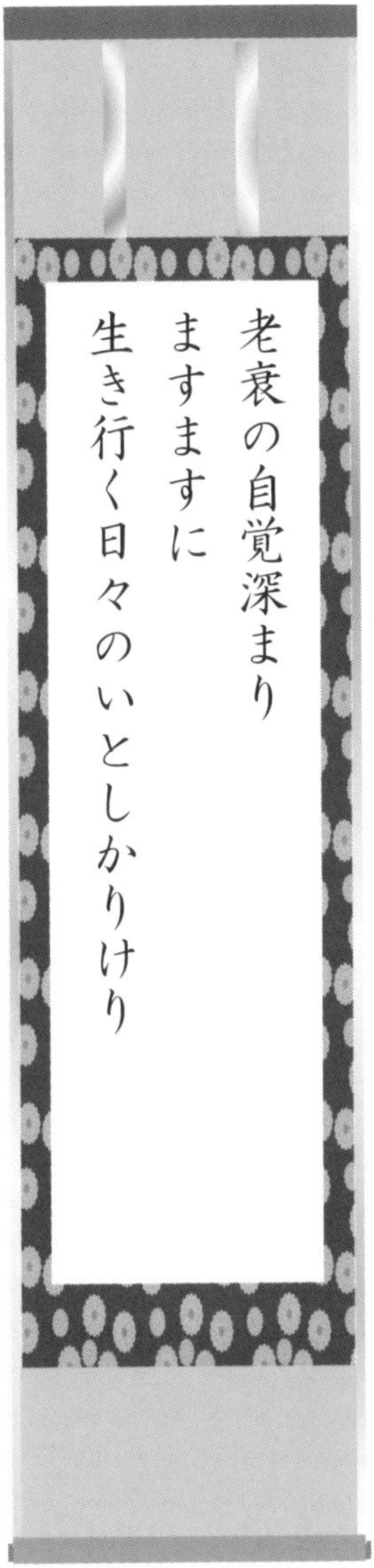
老衰の自覚深まり
ますますに
生き行く日々のいとしかりけり

遂に後期高齢者になった。活力ある日々を共に生きた老犬の死を目前にして、自分自身も眼前に死を突きつけられるようになった。妻は惜しまれて、いい時に逝った。残された身は懸命に生に縋っている。大したことはできないのに、命根性は汚い。

心身ともに能力は衰え、平均寿命の時間も残されていない。それでももう少し時間をくれと乞うている。神にか、仏にか、天にか？　不信心者に縋るものはない。ただ諦めが悪いだけだ。未練を断ち切れないだけだ。ひたすら懸命に生きたいと願っている。戦って散ることが美しいと信じている。それを知る人が数人いる。ありがたいと思わねばならない。

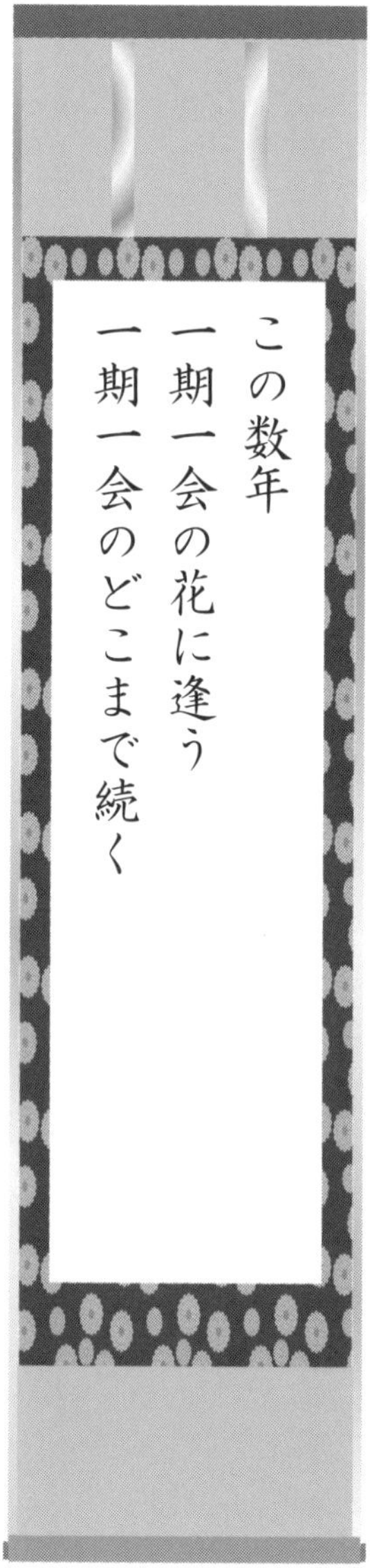
この数年
一期一会の花に逢う
一期一会のどこまで続く

70歳を過ぎてからは、毎年、来年の花を見ることができるか、と自問自答する。見たいものだと未練が深まる。そうして遂に今年も川辺の桜を見た。あらゆる健康知識を総動員して、「よいよい」にならず、認知症にならず、元気に生きることだけを目指すようになった！　昔の憧れはどうした？　志はどうした？　目的は言わぬのか？　目標は捨てたのか？

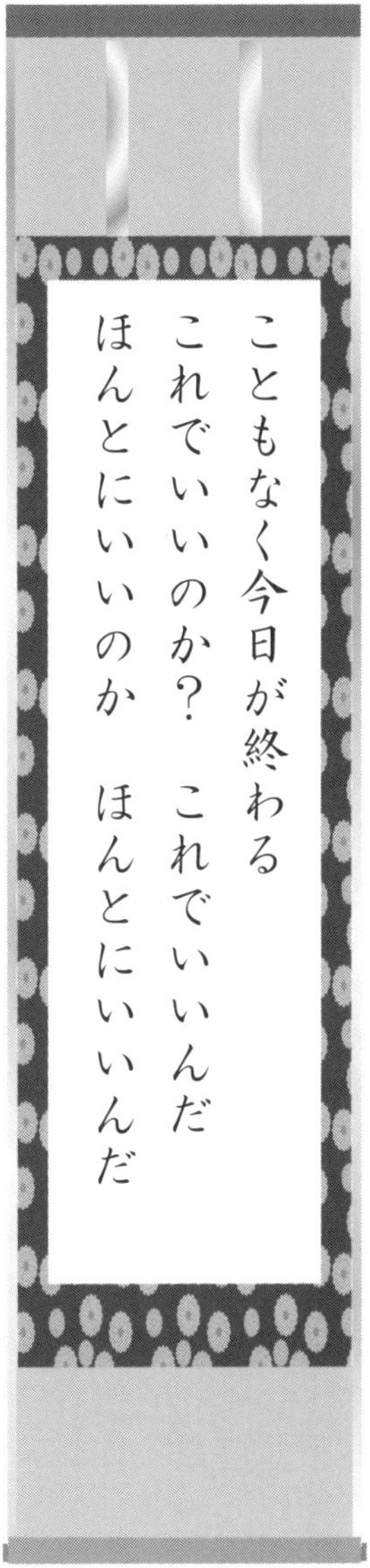
こともなく今日が終わる
これでいいのか？　これでいいんだ
ほんとにいいのか　ほんとにいいんだ

無聊は辛い。負け惜しみも辛い。お呼びがなければ行く所はない。
後期高齢者は毎日己と問答している。

イチローは歴史になりたい
と思うらむ
ささやかなれど老いの身もまた

40歳を過ぎても未だ現役にこだわるイチローは、所属チームの選択を2度間違えた。名門チームにこだわったのか、松井選手に張り合ったのか、愚かにもヤンキースへ行った。金に飽かして集めたそうそうたるメンバーがいたので、当然、出番は少なくなる。契約にしばられて動けなかったのだろうが、ヤンキースを見限るのも遅過ぎた。その間、時は流れ、季節は待たない。彼が戦うべき舞台は歴史だったはずなのに何たる失敗！

かくして、彼は30代後半の円熟期を足踏みしてヤンキースのベンチで過ごした。次のフロリダ・マーリンズも失敗だった。移籍を交渉したマネージャーがイチローの使命を理解していなかったとしか思えない。ここでもまたレギュラーで試合に出ていない。歴史は、歴史の中で戦ったものだけを特記する。野球人生の晩年において、イチローは歴史の舞台に立たせてもらえないでいる。

一方、私は、二人の高齢者に救われた。学文社の三原編集長に救われ、彼の退職後は、日本地域社会研究所の落合英秋社長に救ってもらった。街の図書館に著書が並ぶと、田舎の晩学者も小さな歴史になる。「鶏口となるも牛後となる勿れ」である。イチローはこの教訓を忘れたのだ。

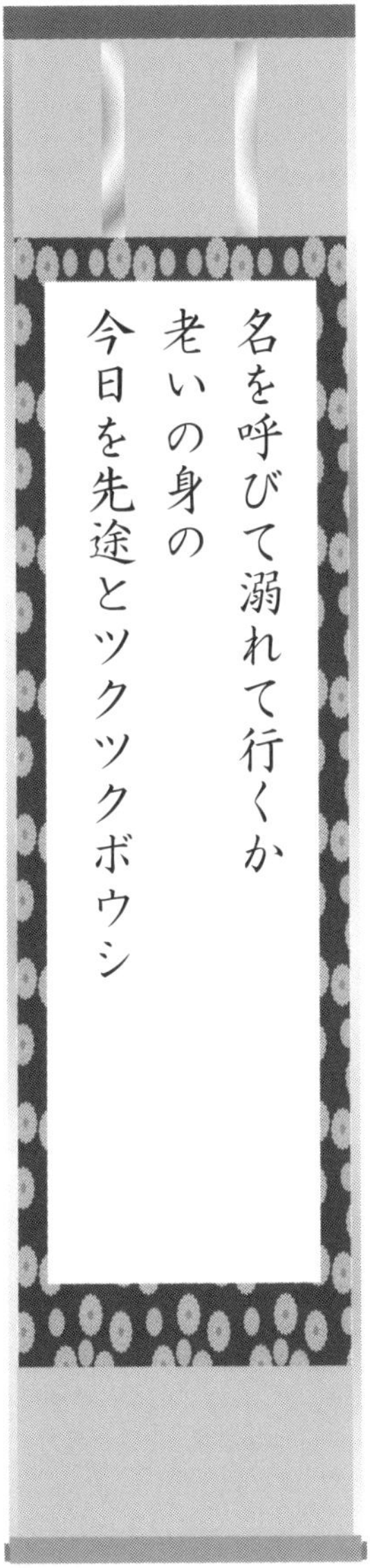
名を呼びて溺れて行くか
老いの身の
今日を先途とツクツクボウシ

見納めだと思えば、すべてが美しい。未練は現世を美化する。恋するのも最後、惚れるのも最後。最後まで慕わしい人がいて幸せだった。その人に褒められたい一心で頑張る。

所詮、凡人は見ていてくれる人のためにしか頑張れない。

北島三郎が歌っていた。「明日死ぬ気で生きたなら、今日の重さが変わるだろ」！

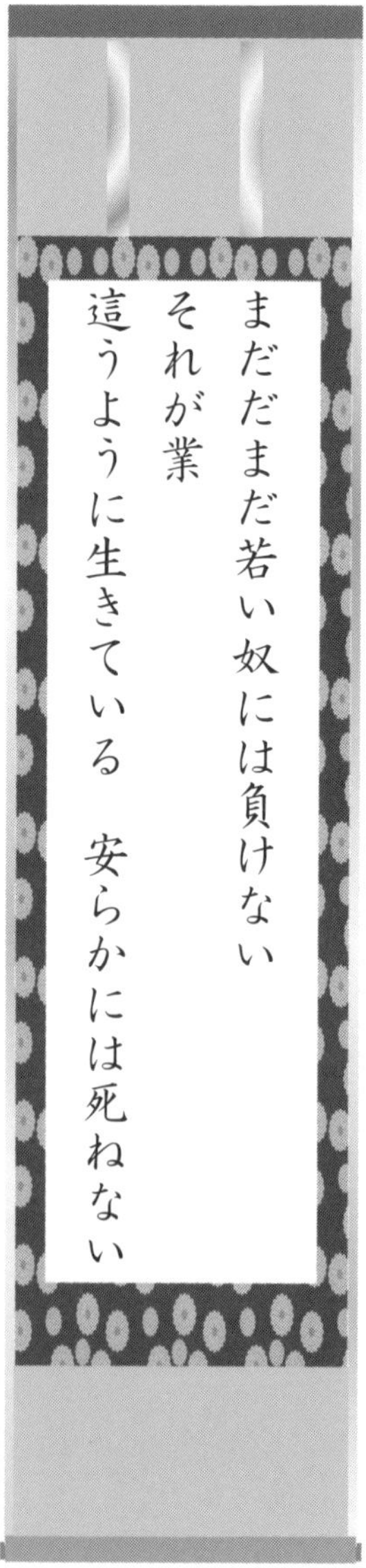
まだまだ若い奴には負けない
それが業
這うように生きている　安らかには死ねない

どこから来るのか？　現役への執着、諦めきれない未練。老いぼれて、忘れられて、ぼろぼろになって、物乞いをするように生きる！　何を乞うのか？何を書くのか？

禅寺の石の細道
先を行く
息子夫婦の頼母しきかな

妻の葬儀は息子夫婦に任せた。老後の安らぎは子どもが無事に育っていることである。思うに任せぬことは色々あったが幸せと思わねばならない。

2　日本国よ

愛国少年だったのに、今はあまり好きでなくなった。年をとった。

3人の幼子を連れ
飯に来て
スマホを見てる刑に処すべし

このオヤジのもとで育つ3人の子の行く末が恐ろしい。この父の行く末も恐ろしい。このアホの子どもを3人も産んだ女が哀れである。余計なお世話だし、赤の他人だからどうでもいいのだが、教育学者としては見過ごし難い。

教育の3原則は、「やったことのないことはできない」、「教わったことのないことは分からない」、「練習しなければ上手にならない」の3つです。幼少期の子どもを甘やかすことは、教育の3原則に照らして誠に愚かなことです。子どもの言い分を鵜呑みにすれば、「やったことのないことはできない」のに「やらせる」機会を失います。「教わったことのないことは分からない」のに、「教える」機会を逃してしまいます。「練習しなければ上手にならない」のに、子どもの好き勝手にさせることになるからです。

　もちろん、鍛えるプログラムは、子どもの興味・関心に合わせることが必要です。好奇心の旺盛な子どもも、そうでない子どもも、適応の速い子も、遅い子もいるからです。すでに、しつけのできている子も、まだできていない子もいるからです。時には、心身に障がいのある子もいるでしょう。（拙著、『明日の学童保育』、日本地域社会研究所、平成25年、P．55～56）

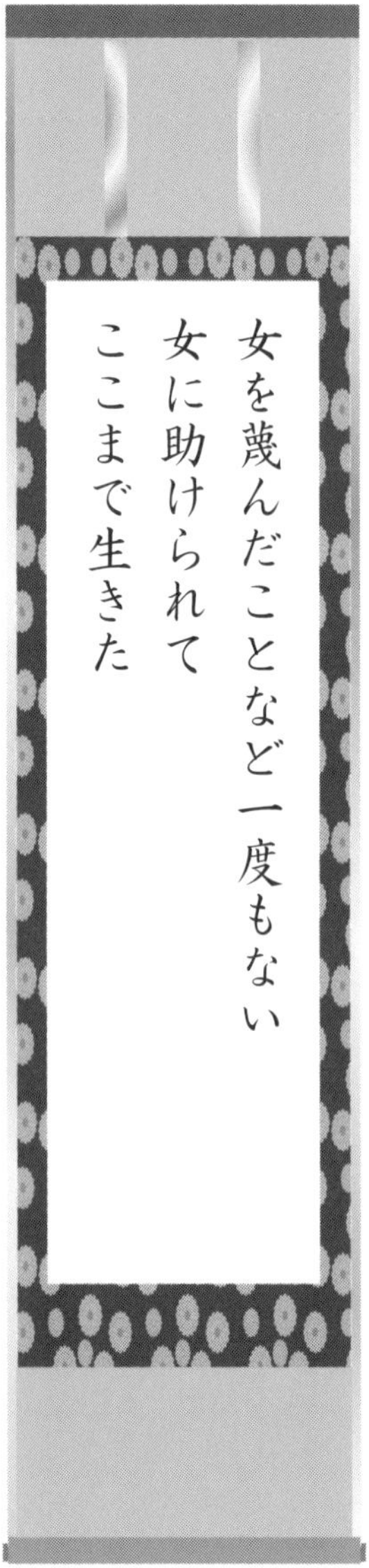
女を蔑んだことなど一度もない
女に助けられて
ここまで生きた

要所要所に女がいた。人生を支えてくれたのは女である。具体的に書くと見せびらかしになるが、つくづく「女運」が良かった。少年期から女性を尊敬して生きた。だから男女共同参画は我が自然である。日本国のジェンダーギャップ指数は１４２カ国中１００位以下である。民主党政権も自公政権も「女性の輝く社会」などと良く言えたもんだ！

男は男女の筋肉の働きにおける生物学的性差によって、有史以来、武力闘争と肉体労働において女性に対する優位を保ってきました。「筋肉文化」は例外なく「筋肉」の優位を保った男の支配システムを支える文化であったことは当然です。

生活の中の男女のあり方を律してきた「男らしさ」や「女らしさ」に代表される「文化的性差」も「筋肉文化」が発明した基準です。男女のあるべき言動の規範は「筋肉文化」が決定して来たのです。優位に立ったのは男性です。社会を支配したのも男性です。換言すれば、女性の社会的あり方は主として男性が決定し、女性がその定義に甘んじました。したがって、「男女共同参画」理念が登場する以前の「男らしさ」も「女らしさ」も、あらゆる価値の体系は「男性優位の支配システム」、すなわち「筋肉文化」が定義したものである事は言うまでもないのです。(拙著、『変わってしまった女と変わりたくない男』、学文社、平成21年、p. 22)

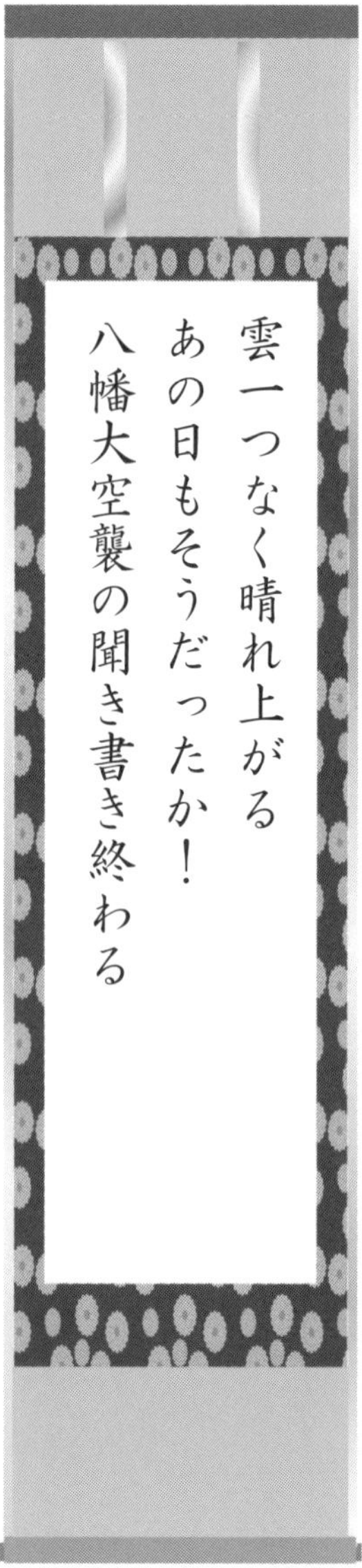
雲一つなく晴れ上がる
あの日もそうだったか！
八幡大空襲の聞き書き終わる

縁あって聞き書きボランティアの指導をした。縁が繋がり、聞き書き文章の校正・点検も引き受けた。２年にわたる作業で１９４５年８月８日の八幡大空襲に関する２つの聞き書き資料集ができ上がった。その日は晴れだったと体験者が言っている。今日も雲一つない。テレビはエンタメに明け暮れる。誰も戦争のことなど思い出していない。

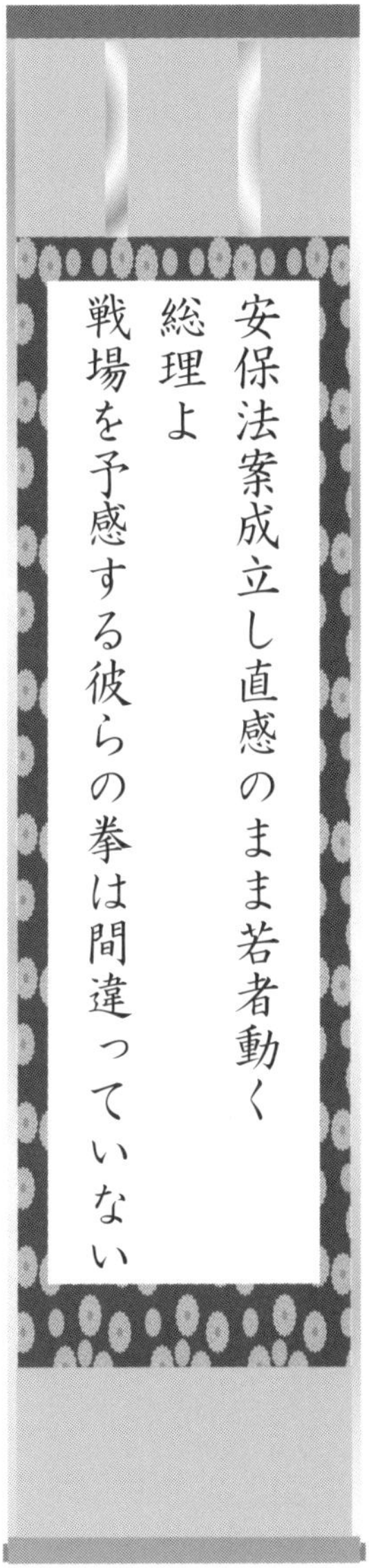
安保法案成立し直感のまま若者動く
総理よ
戦場を予感する彼らの拳は間違っていない

珍しく若者が街に出て抗議行動をしている。あいつらは脳天気だと思っていたがそれほどではないらしい。抗議は彼らの直感だ。法案審議の順序が間違っている。この法律は先ず戦場に出る30歳以下の者の意見を聞いてから、検討に入るべきだった。まだ、意見を持たない若者もいるが、親戚の叔父さんのように「声なき声」が賛成しているなどと言うんではないだろうね！

敗戦の70年を祝うべし
夏草のペリリュー島に
遺骨眠れり

水に流せるのは美徳だが、忘れっぽいのはバカの証拠。天皇ご夫妻は戦場を経巡って黙々と任務を果たされている。この70年、戦はなく、一人も死なず、一人も殺さなかった。偉かったじゃないか、戦後日本。

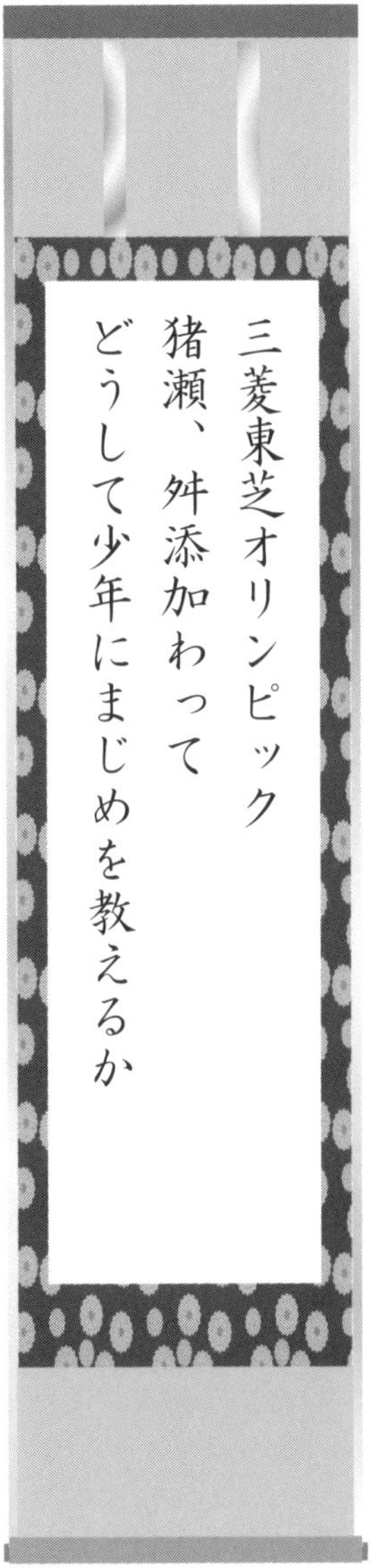
三菱東芝オリンピック
猪瀬、舛添加わって
どうして少年にまじめを教えるか

強盗・殺人・ストーカーなど、連日の犯罪報道は、メディアの取材機能が向上した結果ではないだろう。熊本地震の被災地で留守をねらった空き巣も発生している。助け合いや共生の旗を掲げた社会の崩壊を予感させる。何よりも国を代表する企業や組織の犯罪は社会規範の衰退を象徴している。男も女も政治家の不始末は眼も当てられない。政治不信ではない。政治家不信なのだ！　これでは少年に真面目は教えられない。がまんや、ルールや、一生懸命を絵空事にしているのは、国だ、日本よ。

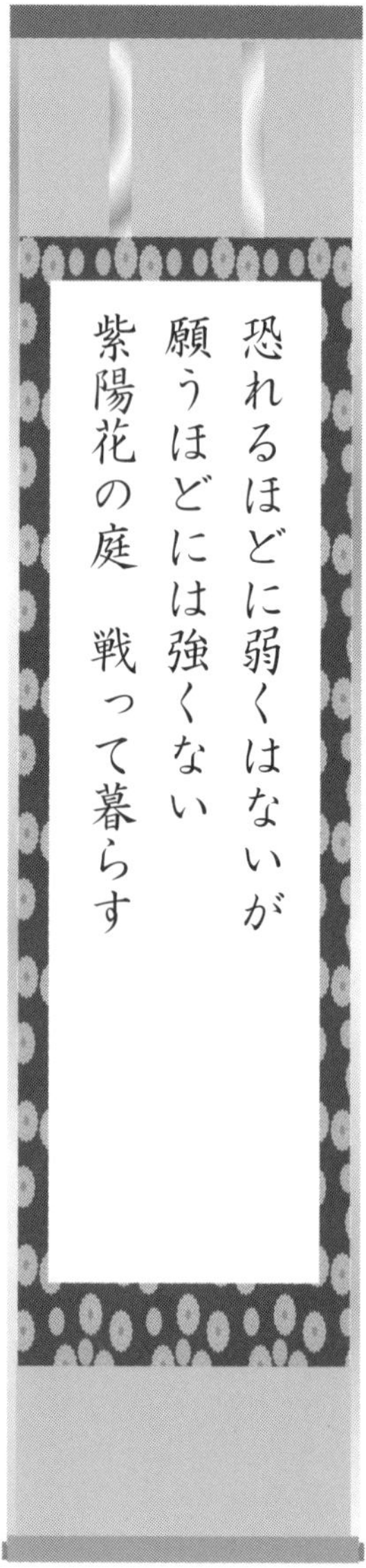
恐れるほどに弱くはないが
願うほどには強くない
紫陽花の庭　戦って暮らす

日本の年寄りは弱い。平均的にオレよりも弱い。「負荷」を回避して、社会に参画せず、楽をして、活動から遠ざかるからだ。２０２０年には昭和20年生まれが75歳の後期高齢期を迎える。その後、ベビーブーマー・団塊の世代が続く。教育を放棄した「生涯学習」政策は国民におもねり、人間の「快楽原則」の特性を甘く見た。民主主義と勘違いして、選択権を国民に与え、「好きに暮らしていい」という政策が続く限り、日本人の老後は「安楽」に流れる。当然、健康寿命は後期高齢期まで持たない。平均寿命と健康寿命が世界一でも、両者の落差は大きい。後期高齢期は寝込んで暮らすことになり、医療費や介護費を次世代に依存すれば財政が持たないことは明らかだろう。教育行政の愚かさに政治はまだ気付いていない！

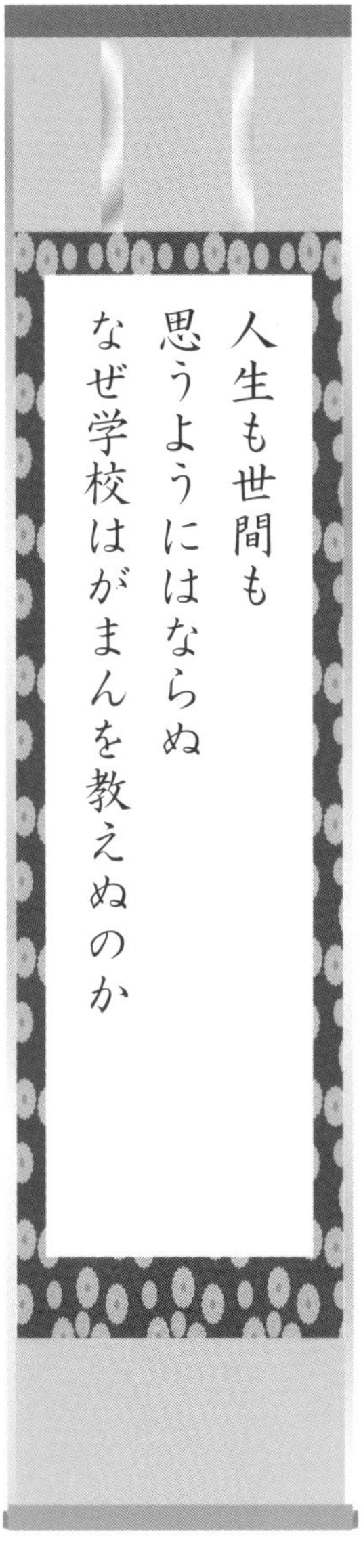
人生も世間も
思うようにはならぬ
なぜ学校はがまんを教えぬのか

不登校も、ニートも気に入らない。将来は福祉に頼って働かないで暮らそうと考えているのであれば、さらに気に入らない。本人がどこまで堕ちようと勝手だが、現行の仕組みでは、最後は福祉に甘えるに決まってる。そんな奴のために税金を払う気にはなれない。

彼らを作り出しているのは「親」である。これらの親は「勤労」と「がまん」を教えることができない。社会の規範よりも子どもの満足を優先するからである。彼らは親になってはいけないのである。子どもの欲求を社会規範の上に置いてはならない！　ルールと礼節を言って聞かせても分からない子どもは叩け！　それでも分からない子どもには「一人前訓練所」を作れ!!　義務が分かる前に権利を教えてはならない。他者貢献を教える前に人権を教えてはならない。

教育にとって一番の困難点は人間の「個体性」です。存在の「個体性」とは誰も代わりには生きられないということです。すなわち、痛みも、悲しみも、喜びも、満足も、誰も他者とは代われない、ということです。存在を分断された個体が喜怒哀楽を共有しあうことはまず不可能です。他者の身になって初めて想像することが可能ですが、問題は「他者の身になる」

ことが極端に難しいということです。生来優しい人は稀にいます。そういう人々の「感情移入」の能力は特別の能力です。世界中至る所で人が弾圧されていても、飢え死にしていても私たちは平気で生きているではないですか？　人間の個体性を人権学習とか平和学習とか机上の空論で乗り越えることは到底出来ないのです。日本人の知恵はこのことを一言で言い表しました。「人の痛いのなら3年でも辛抱できる」という諺がそれです。悪くいえば、他者の不幸に対する我々の無関心の原点がここにあります。人権学習や平和学習の流行のまっただ中で子どものいじめもまた大流行しているではないですか！　良くいえば、時代や世の中がどんなに不幸に満ちていても人間は無関心でいられるのです。自分が中心で、自分を律することさえ出来れば生きて行けるということです。頭でっかちの教室の学習でいじめられる相手の身になって考えることなどできっこないのです。学校の人間観、戦後教師の人間観が誠に曖昧で、甘いのです。（拙著、『しつけの回復教えることの復権』、学文社、平成20年、p．１３７）

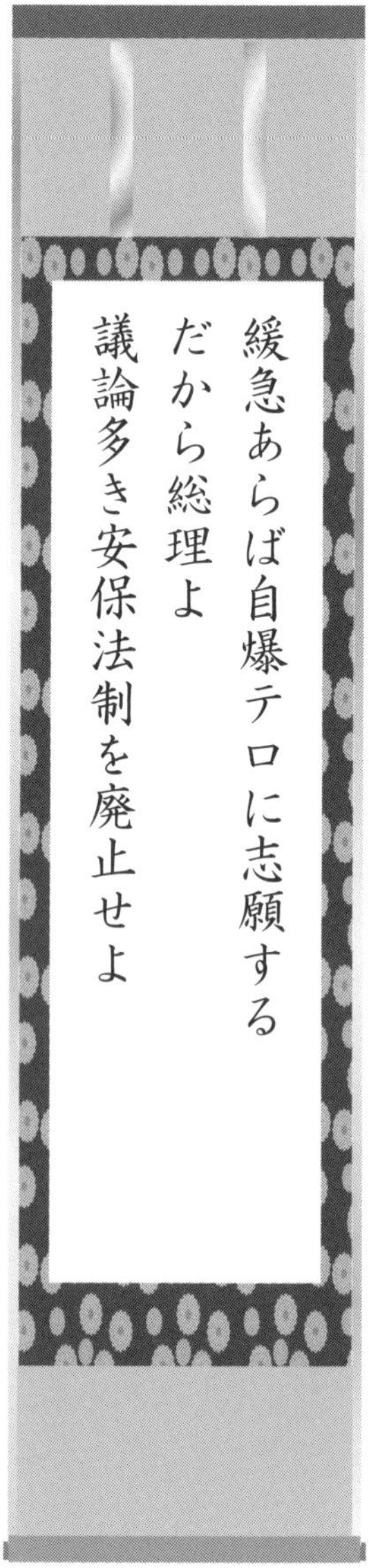
緩急あらば自爆テロに志願する
だから総理よ
議論多き安保法制を廃止せよ

　日本は70年前に懲りたはずではなかったのか！　３００万人もの国民が死に、国が焦土と化し、沖縄戦では女学生まで戦わせた悲惨を忘れたのか！　戦争に関する話は、年寄りが決めてはならないのだ。戦いに行く若い人々の意見を聞いてから決めるべきなのだ。

　私は肉体的にはほとんど役に立たない爺さんになったが、ひとたび緩急あれば、及ばずながら自爆攻撃に志願しよう。だから、総理よ、議論の多い安保法制は考え直してはどうだろう。今からでも遅くはない。総理よ、あなた方は戦争に行かない。それなのになぜ若者の運命を左右する法律を作れるのか？　恥ずかしくないのか！

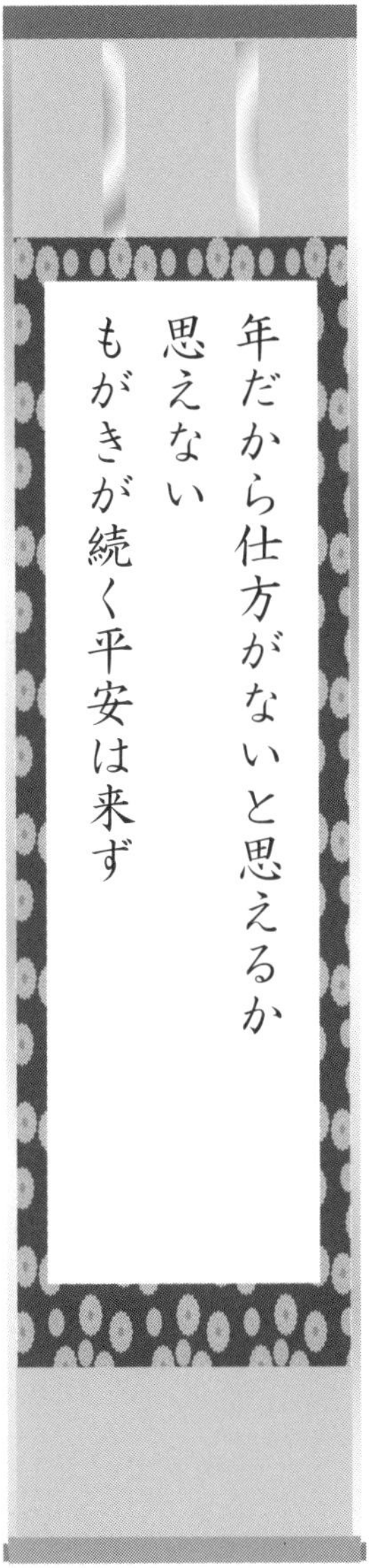
年だから仕方がないと思えるか
思えない
もがきが続く平安は来ず

生涯現役を志せば諦めが悪くなる。社会参画だと言われれば、舞台を探す。しかし、爺さんにお座敷はかからない。高齢者にとって、一億総活躍社会というのは幻想でインチキだ。政治は一度も本気で老人福祉法の実現を考えたことはない。老人福祉法（１９６３年）の第３条に高齢者の活躍の答えはある。しかし、左記2点とも、教育を放棄した「生涯学習政策」では実現不可能である。

①「老人は老齢に伴って生じる心身の変化を自覚して、常に心身の健康を保持し、または、その知識と経験を活用して、社会的活動に参加するように努めるものとする。」

②「また、老人は、その希望と能力とに応じ、適切な仕事に従事する機会その他、社会的活動に参加する機会を与えられるものとする。」

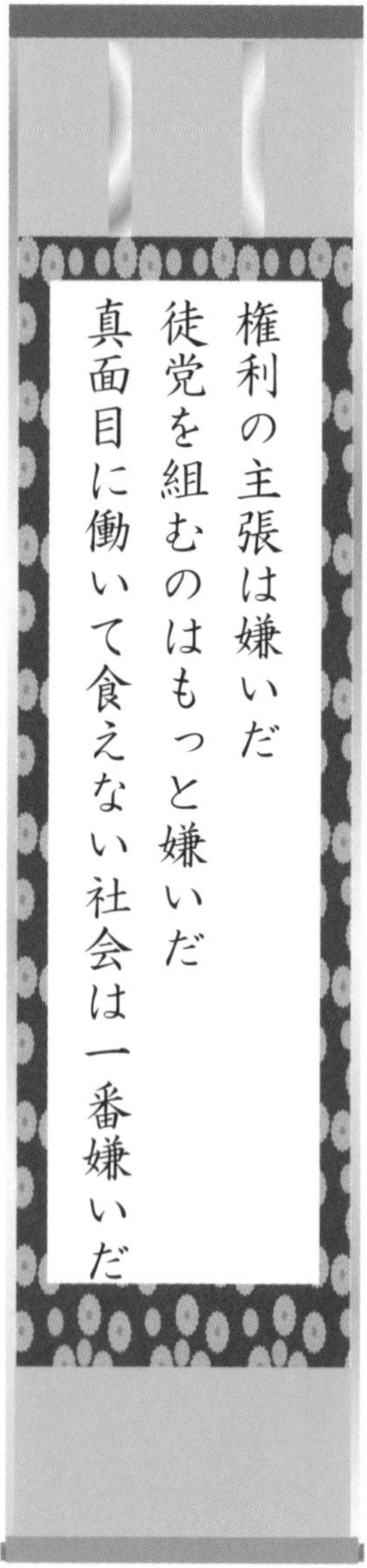
権利の主張は嫌いだ
徒党を組むのはもっと嫌いだ
真面目に働いて食えない社会は一番嫌いだ

声高に権利を主張する奴は嫌いだ。群れて言う輩はさらに嫌いだ。彼らに関わって碌なことはなかった。しかし、「格差社会」は政治の責任だろう。まともに働いて食えない社会は仕組みがおかしいのだ。「非正規雇用」などというのは政治家の恥だ。歴代政権よ、お前達のことだ！　国は金持ちにならなくてもいいのだ。つましくても仲良く助け合って生きられればいいのだ。

3　放たれし獣のごとく

最後は独りになった。家事の能力で生き抜いている。

だれひとり欠けるもの無く
揃いたる
英語クラスのありがたきかな

失業以来、己の空白を埋めるべく、ボランティアで英会話を教え始めた。毎週木曜と隔週の金曜だけは大人との会話がある。もうすぐ20年になる。ひとり暮らしにはいずれ孤独死も来る。そんな時、事後の始末を手伝ってくれるのは生徒さんではないかと予感している。私が唱えた高齢期の方法論「読み、書き、体操、ボランティア」は間違っていない。

医学は、「寝たきり老人」は「寝かせきり老人」の結果であると発見しました。原理的に「使わない機能」は「使えなくなる」ということです。それゆえ、歩かない人は、歩けなくなります。読まない人は読めなくなり、書かない人は書けなくなります。社交から離れれば、会話の機会が激減し、やがて言葉を失うことになるでしょう。それが「廃用症候群」です。英語では「Disuse Syndrome」ですから、「使わない症候群」と訳すべきでしょう！　楽隠居も廃用症候群も、共に、老化を加速させ、年寄りを滅ぼす概念です。

中でも「楽隠居」が最も危険です。楽を求めて暮らすライフスタイルは、あらゆる「負荷」を敬遠します。それゆえ、廃用症候群を誘発するのは必然です。高齢者に「楽隠居」発想が蔓延すれば、高齢者福祉の財源で国家財政は破綻します。現に、そうなりつつあるではないですか！（拙著、『隠居文化と戦え』、日本地域社会研究所、平成28年、p．20）

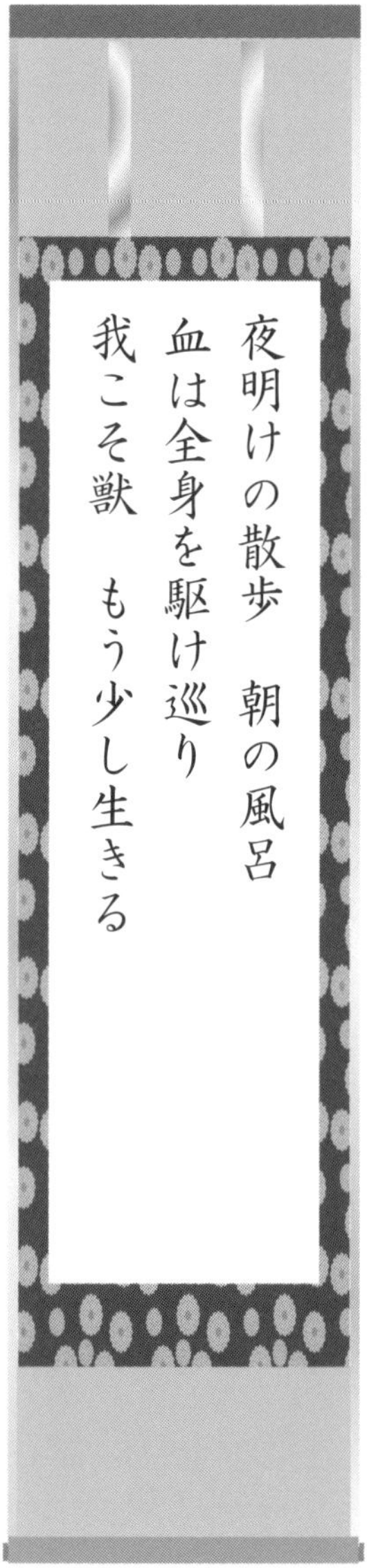
夜明けの散歩　朝の風呂
血は全身を駆け巡り
我こそ獣　もう少し生きる

5分の4は考えて生きている。5分の1は獣のように生きている。いつ死んでも仕方がない、と頭は言う。肉体はそう言わない。メシがうまい、汗が心地よい。快適だ。もう少し生きたい、と慾が出る。朝風呂は獣の喜びである

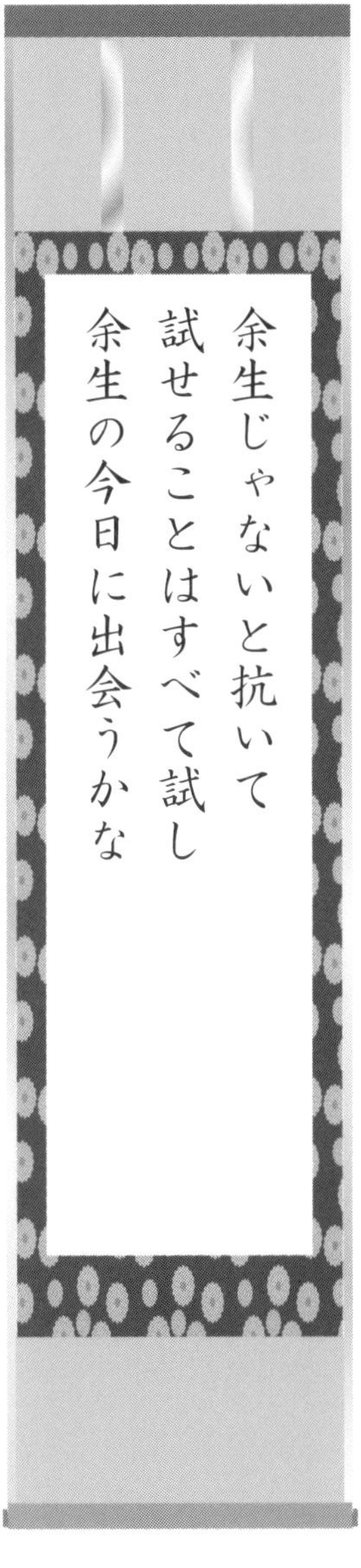
余生じゃないと抗いて
試せることはすべて試し
余生の今日に出会うかな

老後が余生であってたまるか、と書いたり言ったりして来た。生涯現役を目標にして、健康寿命の原理は、「社会から離れず、楽をせず、活動を続ける」ことだ。方法論は、「読み、書き、体操、ボランティア」だ、とお経のように唱えてがんばった。

しかし、「隠居文化」は手強い。10日経っても、2週間経っても、どこからも「お座敷」がかからず、毎日草など抜くようになれば、やはり老後は余生であったかとつくづく悔しい。

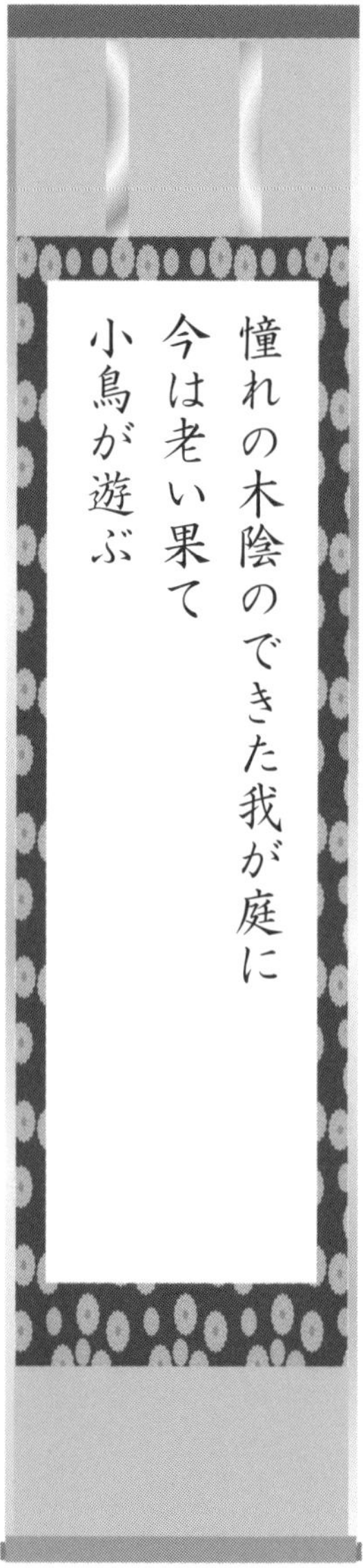
憧れの木陰のできた我が庭に
今は老い果て
小鳥が遊ぶ

「せめては己のために深く美しき木陰を作れ」、と伊東静雄は歌った。懸命に働いてようやく美しい木陰ができた。子等はそれぞれに育ち、妻は逝き、私は老いて、独り身である。せっかくの木陰に坐ることも稀になった。雀と遊ぶだけでは、一茶も幸せにはなれなかったろう。

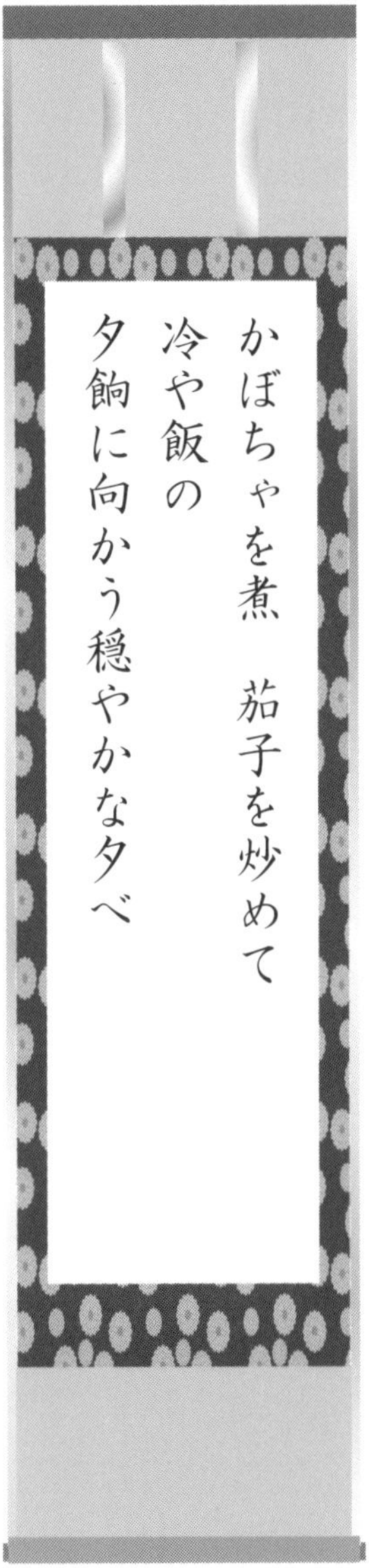
かぼちゃを煮　茄子を炒めて
冷や飯の
夕餉に向かう穏やかな夕べ

日々、心を駆り立てて生きようともがいているが、稀に穏やかな夕暮れも来る。そんな日は好きな料理をして、犬たちと膳に向かう。穏やかに死んで行くことの何と難しいことか！

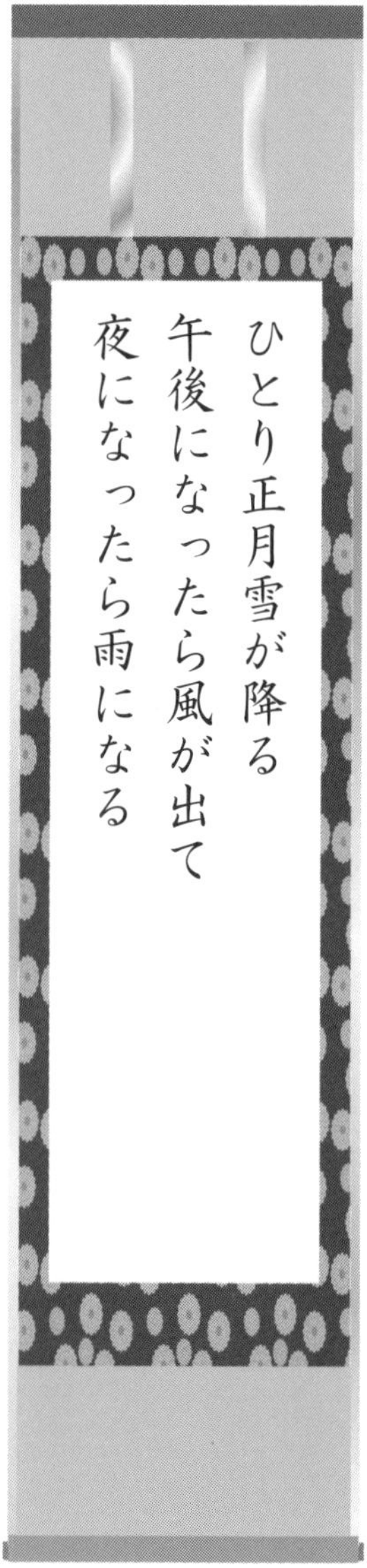
ひとり正月雪が降る
午後になったら風が出て
夜になったら雨になる

ひとりクリスマスも辛いが、ひとり正月も寂しい。分かりきったことだ。遠い子ども達が元気であればそれでいい。「オレは大丈夫だ。それほど柔じゃない。」自分で自分に言いきかせる。

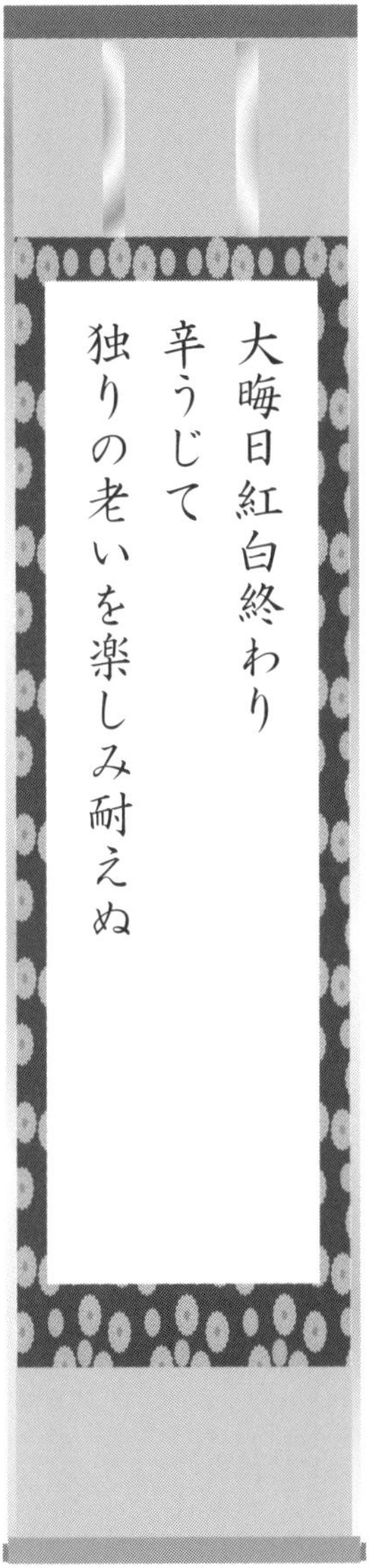
大晦日紅白終わり
辛うじて
独りの老いを楽しみ耐えぬ

賑わいは狂おしい。華々しいのは空しい。独り身の年寄りに寂寥は天敵。賑わいも華々しさも寂寥を際立たせる。何が何でも楽しんでやると世間通りに紅白も見た。何十年かの慣わしで、「ゆく年来る年」の除夜の鐘を聞きながら、蕎麦を茹でて年越しをする。遠くで近所の寺の鐘も聞こえる。意志さえあれば、人間に適応できない環境などない。それが教育学の原理である。

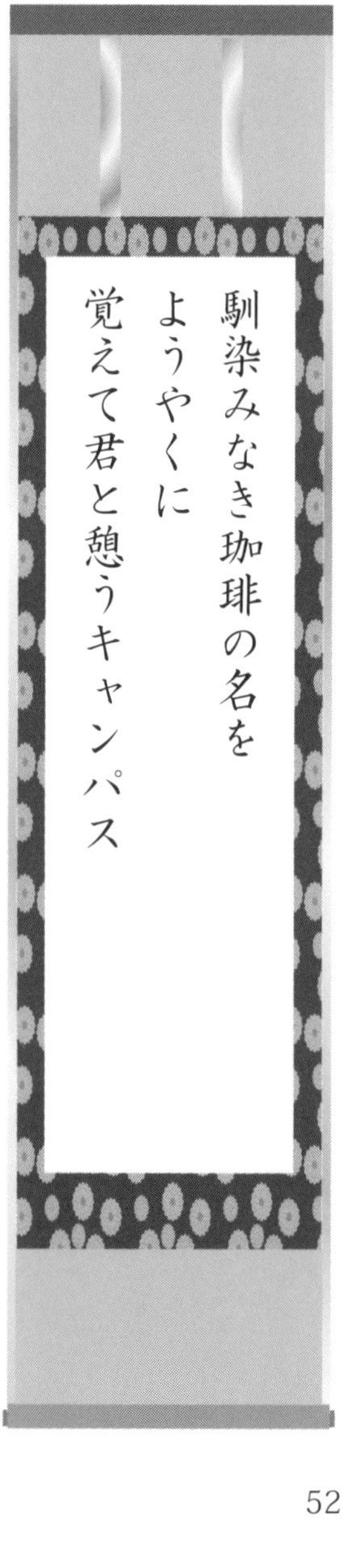
馴染みなき珈琲の名を
ようやくに
覚えて君と憩うキャンパス

嫁という名の家族は不思議に新鮮だ。何か力になりたいと思い、何か力になってもらいたいとも思う。「えにし」という日本語の響きに酔いしれる昼下がりのキャンパス。

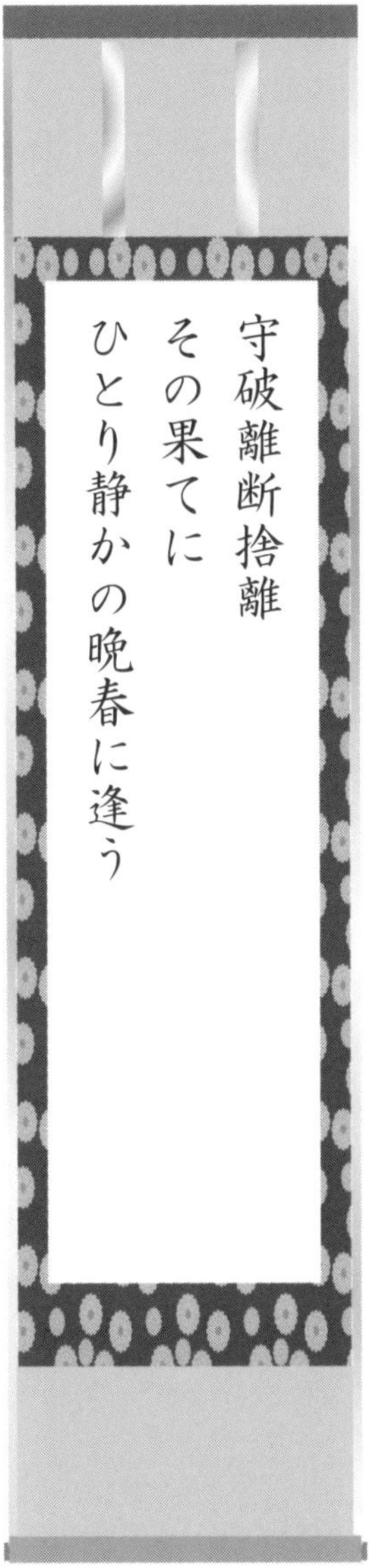
守破離断捨離
その果てに
ひとり静かの晩春に逢う

誰ひとり来ない日が続くのは辛い！　真面目ではあったが、人のいうことは聞かず、思い通りに生きた。しきたりや付き合いがばかばかしくなって、最後は少しずつ世間を離れた。庭には小鳥しか来なくなった。ようやくここまで来たが、孤立は孤独の限界である。自分が出て行かなければ孤絶する。小鳥だけでは生きられない。どこかで間違ったか？

忘れよう過ぎた昔は戻せない、
自分が自分の
明日を創る

「心身の健康を保つためには、過去に囚われず、前を向いて生きるしかない。特に、晩年、恨みごとはある。屈辱や怒りもある。すべて忘れなければ、前へ進めない。「新しき明日の来たるを信ずと言う自分の言葉に嘘はなけれど（啄木）」と思うしかない。

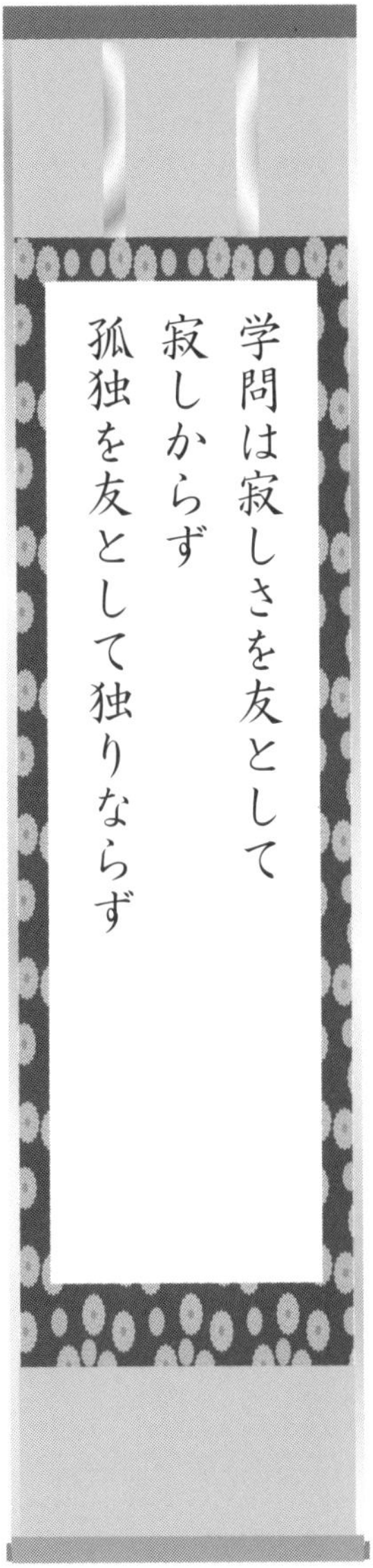
学問は寂しさを友として
寂しからず
孤独を友として独りならず

発表の機会さえあれば、晩学者の研究も世の中と繋がる。どこかに聞いてくれる人がいて、読んでくれる人がいる。だから晩学を止めてはならない。晩学の発表は老いた編集長に救われ、最晩年の発表は老いた出版社社長に救われている。

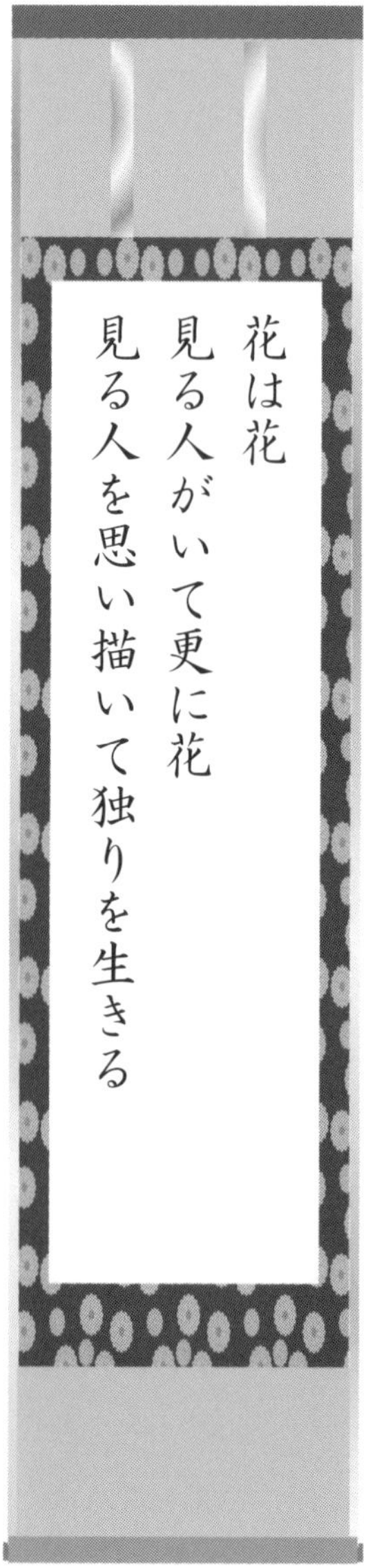
花は花
見る人がいて更に花
見る人を思い描いて独りを生きる

見る人がいて花見になる。深山幽谷にも花は咲く。しかし、人に見られず花は散る。独り散る花は花じゃない。独居老人も森に住む。人の世の森に住む。深山の花に似て、静寂の中独り死ぬ。見る人がいて初めて花は花になる！　見る人を胸に描いて独り者は生きる。

孤独死を覚悟の上の老いなのに
何をあくせく
思い煩う

予告なしに一人で死んでいたら関係の皆様には申し訳のないことだ。警察に連絡して、息子に知らせてくれ。その後のことは万事息子がやる。そんな風に育てて来た筈だ!?

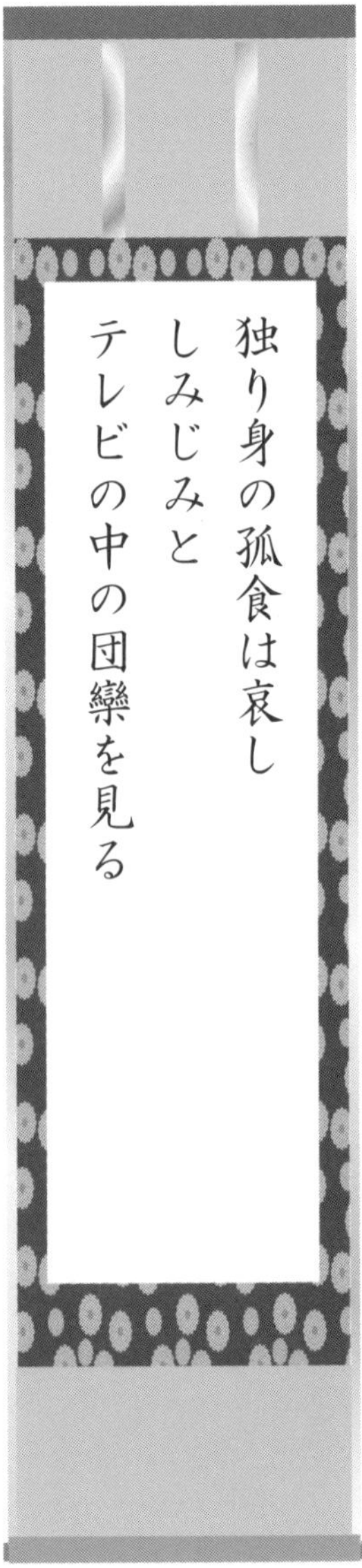
独り身の孤食は哀し
しみじみと
テレビの中の団欒を見る

子どもに孤食はさせるなどの育児書にも書いてある。しつけは家庭の食卓から始まるとも書いてある。親が守っていないから書いてあるのだろう。子どもがきちんと育たないことほど親の不幸はない。亡妻は「待つ母」であった。人生の半分くらいを子どもや亭主を待つ時間に使った。「愛」とは「待つこと」であるかのようであった。お陰で誰も孤食を経験しなかった。今頃気付くのは愚かなことだが、「待つこと」ができるとは、つくづく偉かったと思う。待つ人を失った独居老人は孤食である。さんざめくレストランでも孤食である。テレビの中の家族団らんが、時に、しみじみ懐かしい。

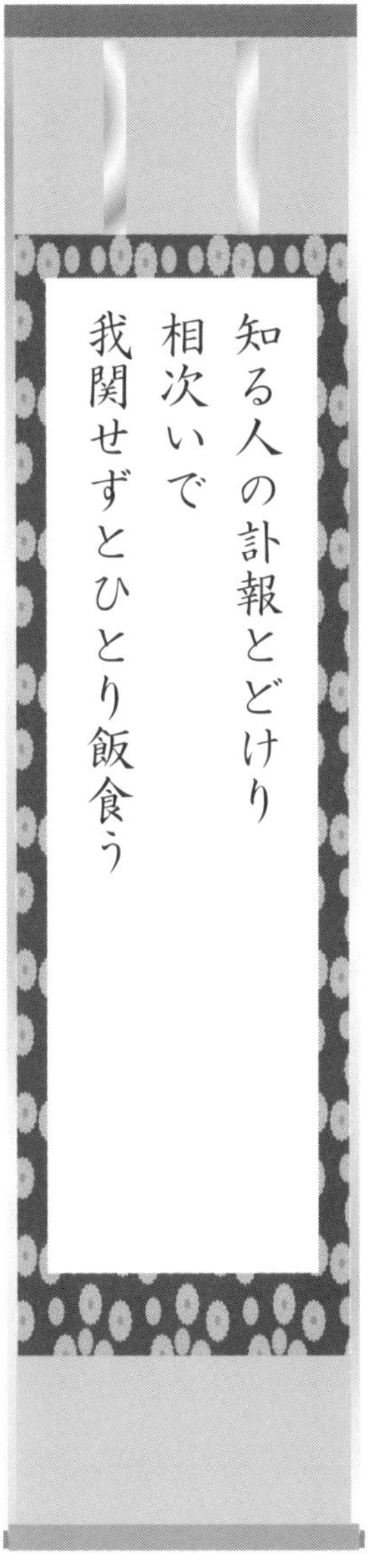
知る人の訃報とどけり
相次いで
我関せずとひとり飯食う

年をとって家族を離れていると人の死に動揺しなくなる。死は「必然」、それも「孤独死」であることが当然と思える。人間は家族の「共同」を離れると「獣」の感覚に戻るらしい。獣は仲間の死に動じない。自分の死にも動じない。老犬との暮らしの中でいつの間にか強くなった。いいことかどうかは分からないが……。

老年惚れ易く
学成り難し
青葉の風は昔も今も

会釈した女を振り返る。真っ直ぐ顔を上げて歩く女に見とれている。ベンチでひとり遠くを見ている女は気になって仕方がない。少年の日と同じである。予備校でいつも前の席に坐る水色のハンカチを使う少女に夢中だった。声をかける勇気はない。この世には慕わしい女が多い。

困ったことに、老いぼれの爺さんになっても慕わしい女に会うと気になって学問に集中できない。「少年老い易く」の原因は「惚れ易い」ことだ。後期高齢者もまた同じである！　今日も新緑に風がやさしい。

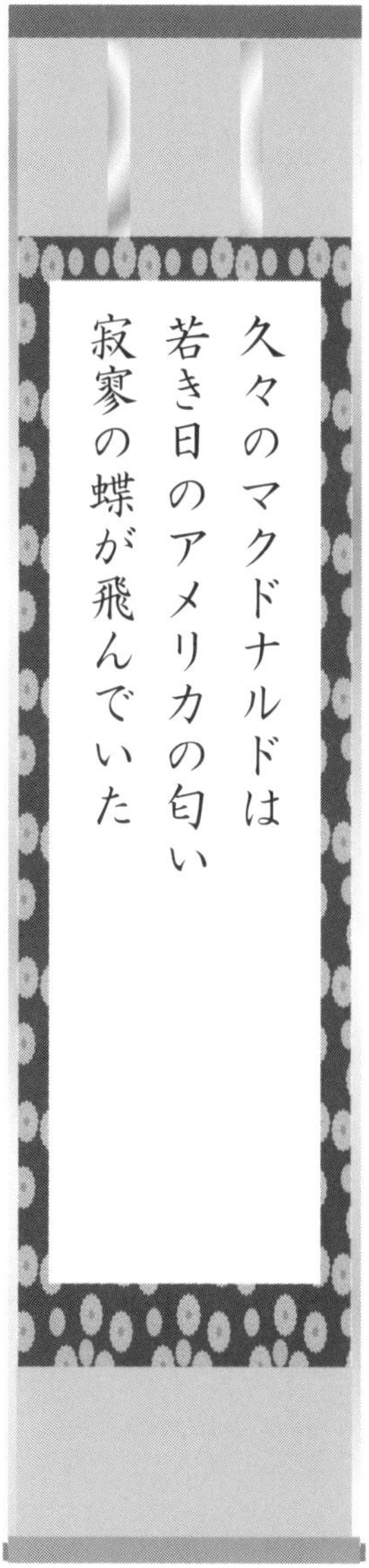
久々のマクドナルドは
若き日のアメリカの匂い
寂寥の蝶が飛んでいた

　留学生の休日は行き場所がない。１万人のキャンパスに日本人は私一人だった。図書館の椅子は尻が痛くなるくらい坐った。読んでも、読んでも追いつけない。情けないだけじゃない。哀しいだけじゃない。日本の英語教師を憎んだ。息ができず、胃がきりきりと痛む。もうこんな日々は嫌だ、と思ったが、餞別をもらって勇んで出て来たので、帰るに帰れない。心境を聞いてもらう人もいなかった。

　アメリカのマクドナルドの窓席は外を向いて対話を拒否している。坐っている大半は男を避ける女だったが、中には自分のような対話のできない者もいた。

昨日、宗像のマクドナルドに坐った。外を向いている窓席はないが、喧噪の中の寂寥の匂いはアメリカと同じだ。平日のせいか、若い人々が多く騒々しいくらいに賑やかだった。40年前のアメリカに良く似ていた。彼らもさんざめく喧噪の中で孤独と戦っているのか？　ゴールデンウイークの男やもめは「ぼっちめし」だ。仲間もなく、行く当てもなく二重に寂しい。

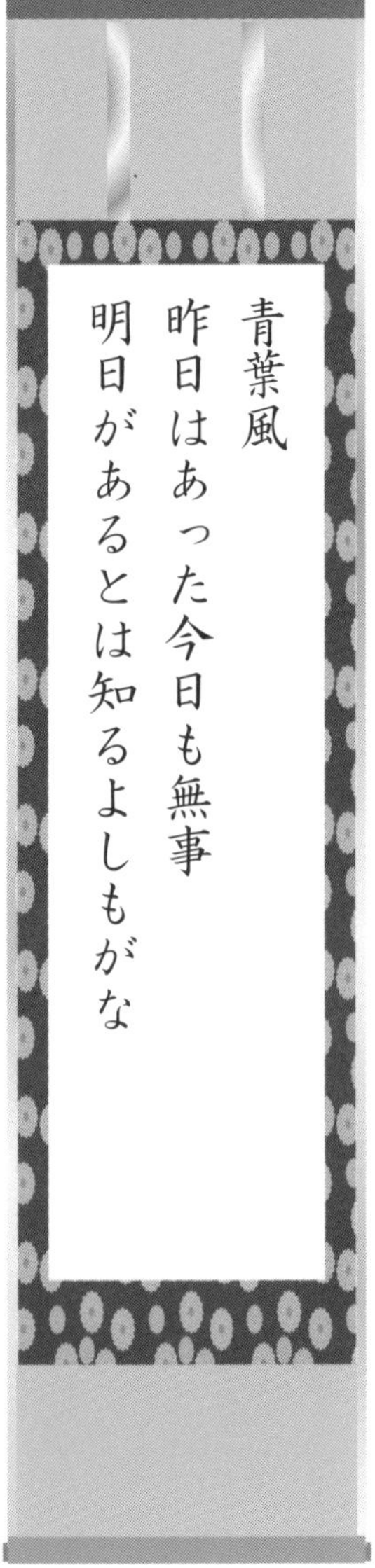
青葉風
昨日はあった今日も無事
明日があるとは知るよしもがな

カイザーとは皇帝という意味である。それゆえ、小生は召使い。皇帝はミニチュア・ピンシャーで今年14歳。人間であれば90歳ぐらいか！　15歳になると町から表彰があると獣医さんから聞いた。田舎町にしてはシャレたことをするもんだ。高齢社会における「老人と犬」の絆を分かっているということか！

最近の皇帝は、歩くのもやっとで、私同様に老いぼれた。今年の夏を生き抜けるか、勝負の夏だ。散歩が終わると身も世もなく、困憊して四肢を伸ばして眠る。あまりに静かで、時に、息をしているか、否かも分からない。後期高齢者になって以来、カイザーに重ねて自分を見るようになった。私が先に死んだら、持参金をつけても老犬の引き取り手はまずいないだろう。だから一層不憫である。万一の場合には、安楽死させて小生と一緒に荼毘に伏し、一緒に散骨してくれと遺言書を書いて子ども達に送った。

老後を健康に生き抜くことは戦いである。貝原益軒先生は「養生の道はすこやかなる時に慎むにあり」と喝破している。私も体操を怠らず、カイザーには毎日念入りにマッサージをし、食事に気を配り、夜は抱いて眠る。そのぬくもりが男やもめの寂寥からこの身を守っている。

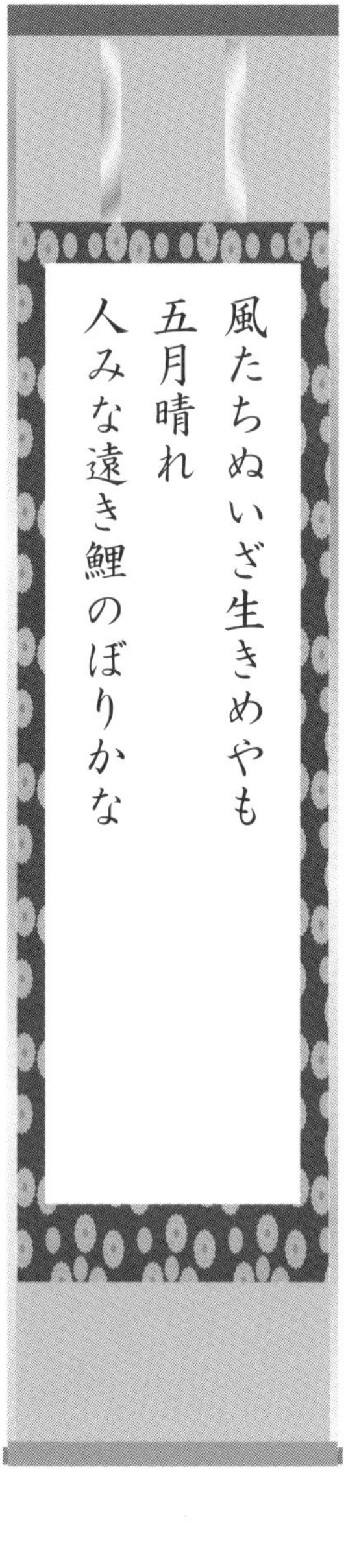
風たちぬいざ生きめやも
五月晴れ
人みな遠き鯉のぼりかな

グローバリゼーションは共同社会を破壊する。ワールドマーケットは家族を引き離す。ＩＴ革命は子どもを穴にこもらせる。人を繋ぐようで人を切り離す。

だからがんばって生きてもこの５月にひとりなのだ！

4　秘すれば花

何人かの女に逢った。時効がない出会いはあの世まで持って行く。

梅雨の晴れ間の花の庭
あなたと私右左
カサブランカの白揺れて

終活は古いアルバムに行き着く。蘇る記憶の中にそこにはない風景も見える。そういう時もあった。何かやれそうな気がした季節であった。何もできなかった。

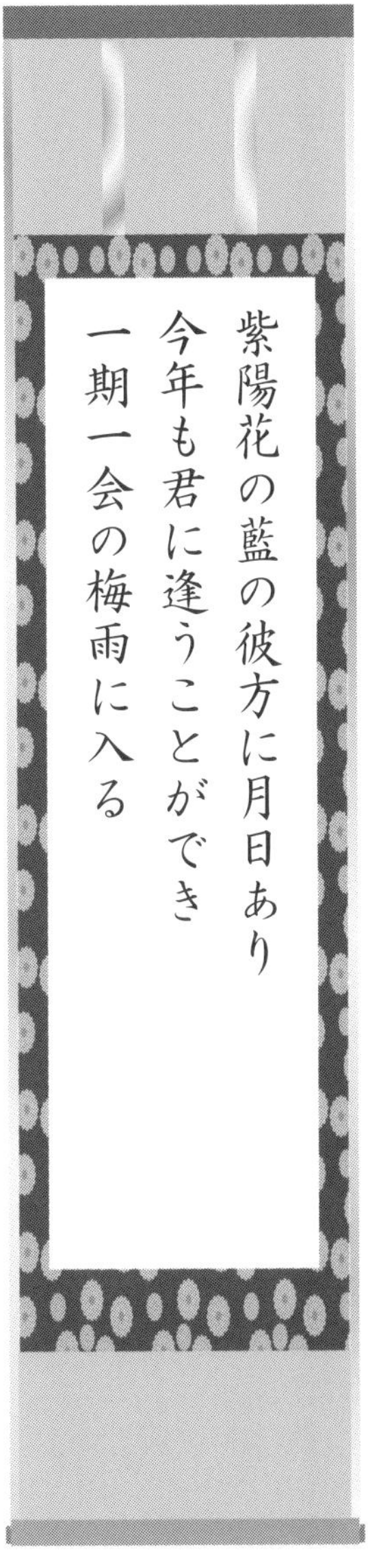
紫陽花の藍の彼方に月日あり
今年も君に逢うことができ
一期一会の梅雨に入る

覚えているつもりでも記憶にはいい加減なところが多くある。書こうとしてみれば詳細は思い出せない。思い出せない細部を埋めるのは飾る言葉に過ぎない。自分史が自慢史になるのはそのためだろう。死を予感するようになると一つだけはっきりする。この出会いが最後の出会いになるかもしれないということである。遠いアメリカにいる娘一家が帰って来る。今度こそ今生の別れである。

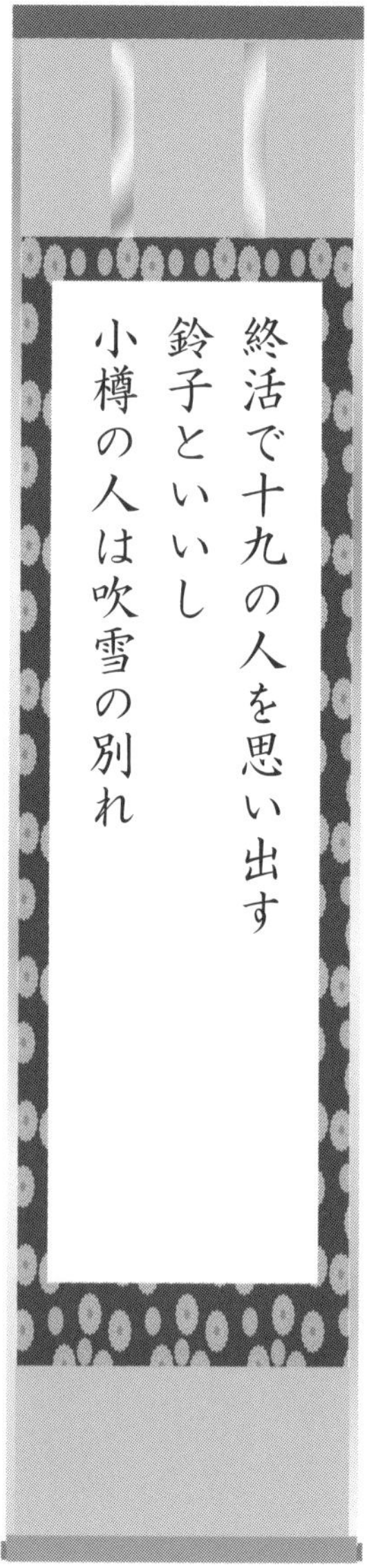
終活で十九の人を思い出す
鈴子といいし
小樽の人は吹雪の別れ

認知症の患者さんが昔を思い出すように、終活も忘れていたことを思い出させる。あの頃あの人は看護学校の生徒だった。母が看護婦だったから惹かれたのだろうか。「すずこ」という響きが好きだった。小樽の坂道を歩いた。北大のポプラ並木を歩いた。あの頃は希望でいっぱいであった。

書き始めれば瞬時に分かる。自分史の大部分は忘れがたき人々に対する一方的な片想いである。その当時には言えなかった独り言や恋文でもある。後から想像を巡らす「あの人」や「かの人」の心境でもある。忘れがたければ、忘れがたいほどに特別な思い入れをしている。こうであって欲しいという身勝手な幻想も混じらざるを得ない。考えてみれば、当たり前のことだが、忘れがたい人々を客観的に思い出すことなど出来るはずはないのだ。G．H．ミードのいう「特別他者」は特別なのである。身近で主観的な存在だからこそ忘れがたいのである。思いが一方的になっても、見苦しい愚痴や恨み言にならなければ、それで「よし」とし、副題を「不帰春秋片想い」とした。過去の詩歌を集めて素材とし詩歌自分史の実験も兼ねた。詩歌に託した想いの丈が通じれば上出来であるが、想いが通じなくても、詩歌はイラストの代わりでもある。（拙著、『詩歌自分史のすすめ』、日本地域社会研究所、平成27年、p．145

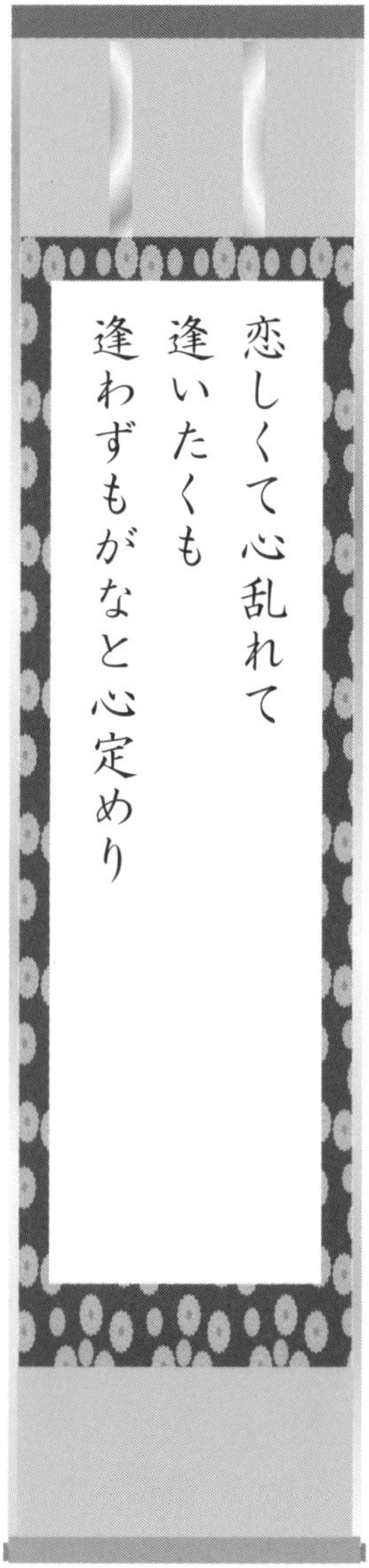
恋しくて心乱れて
逢いたくも
逢わずもがなと心定めり

死ぬまでにもう一度逢いたい人がいるが、当方の「老醜」は見せたくない。彼女は山奥の村の出身だった。がんばりやで溌剌とした最優秀の教え子だった。20年前、職場で不幸な事件が起こり、勤務先どうしが敵と味方に分かれ、音信不通になった。私は仕事に挫折して、就職浪人となり、20年の歳月を生きるのに必死だった。後期高齢者になったら「探す」と決めていたが、なんと、すでに75歳を過ぎた。もはや当方は老いぼれ、老醜を見せたくはなく、彼女の老いも見たくない。躊躇の足踏みをしたままいたずらに時が流れる。

そのままにこのままにして彼の人に老醜は見せず老いも見ず

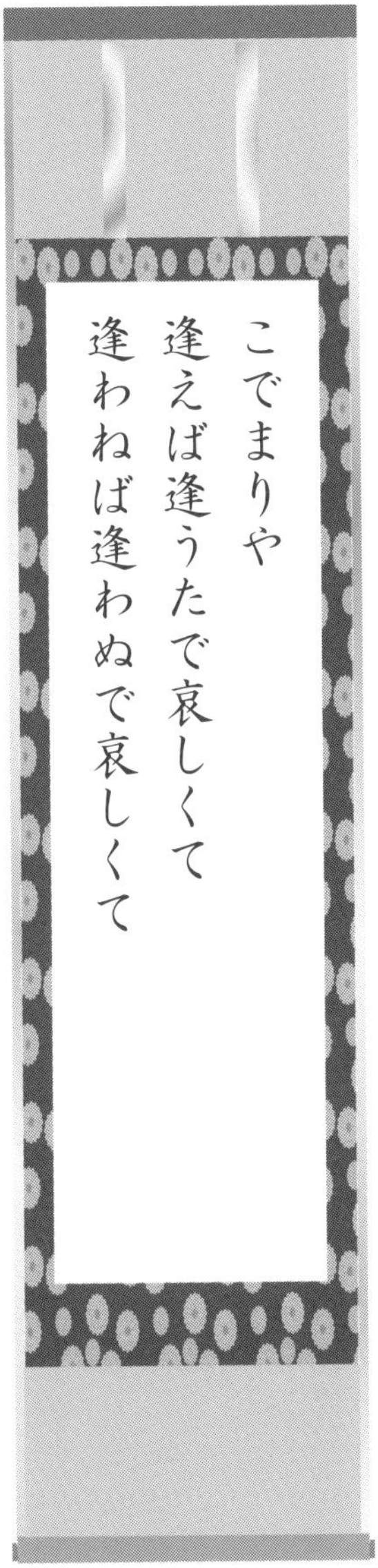
こでまりや
逢えば逢うたで哀しくて
逢わねば逢わぬで哀しくて

連休で仕事がないのは実に辛い。たまのお客も切ない。せっかく訪ねてくれても客はやがて帰る。

帰る所のある人に　帰らないでと言えなくて　風の中行く列車を見てる

仕方がないので庭に出る。仕方がないので草を取る。だんだん草取りが仕事になる。明日は紫陽花に追肥をしよう。かくして何もない日常が私の日常として定着する。

やることがなくて草取る　草取りがやることになる　哀れなるかな

5　遥かな人々

人生は希望でできていたが、最後は思い出だけになる。

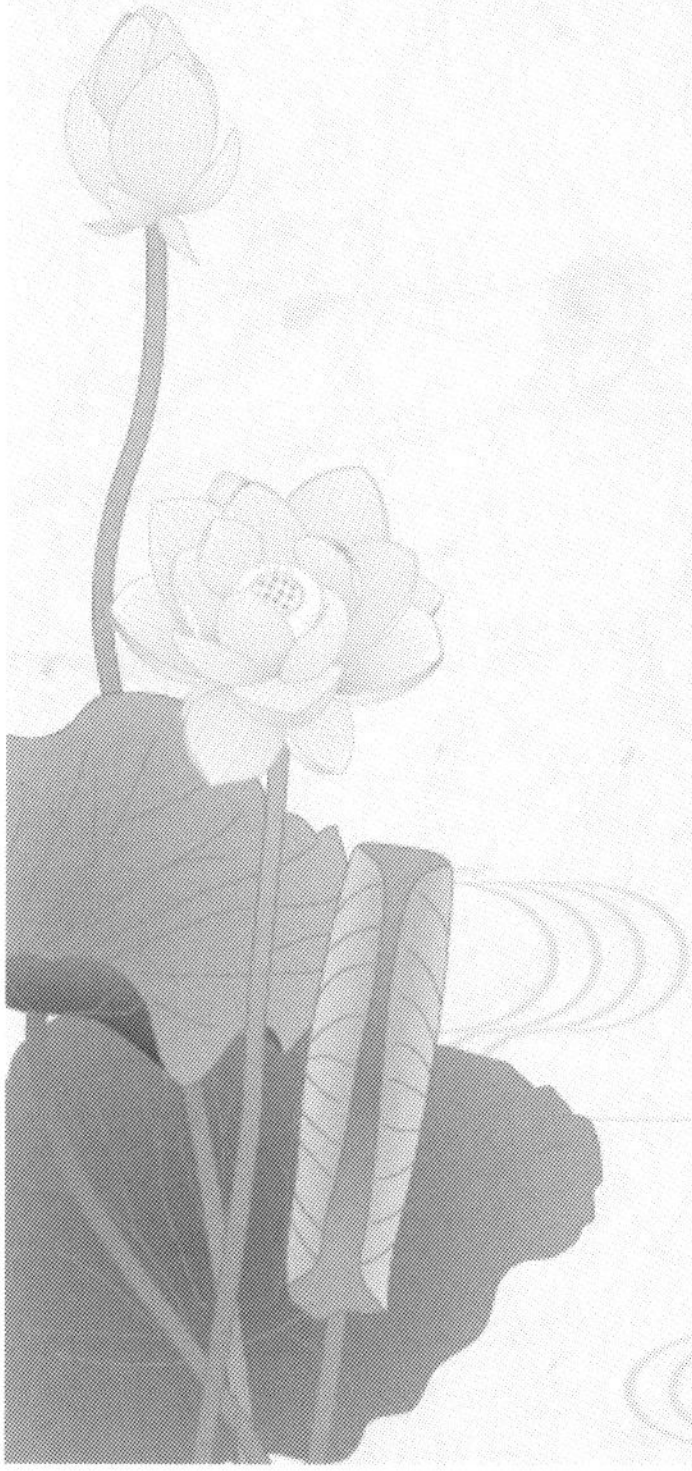

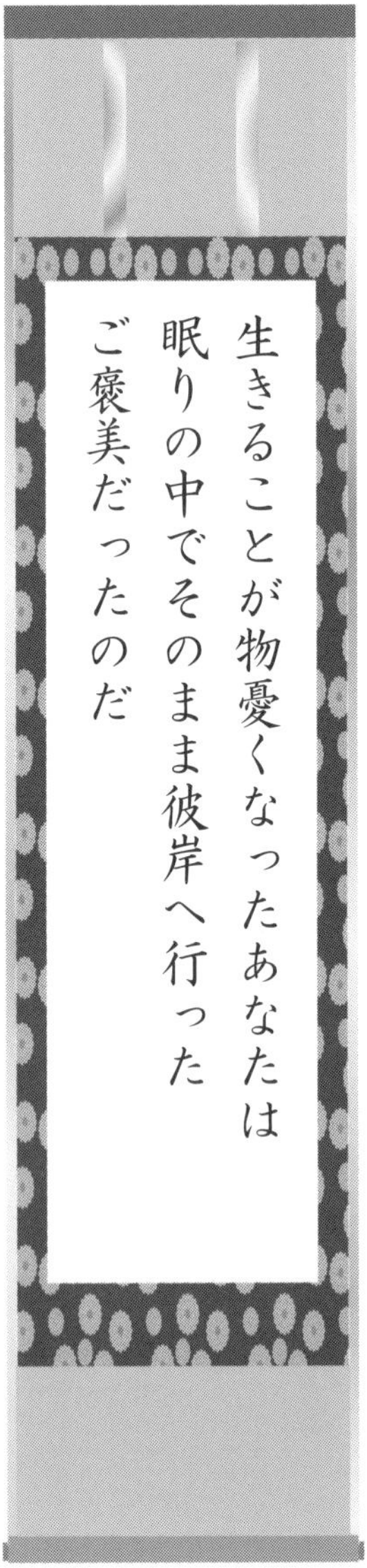
生きることが物憂くなったあなたは
眠りの中でそのまま彼岸へ行った
ご褒美だったのだ

仕事を為し終えて心地よく眠るようにあなたは逝った。眠りの中の死はあなたのやさしさへのご褒美。私の理想だが神様はお許しになるまい。あなたほどにやさしくはなれない。

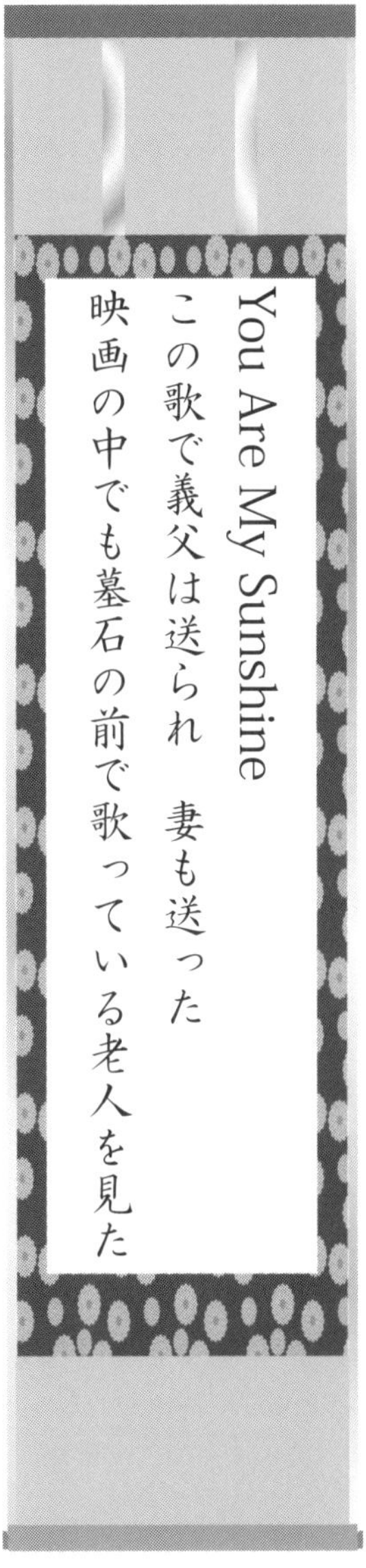
You Are My Sunshine
この歌で義父は送られ　妻も送った
映画の中でも墓石の前で歌っている老人を見た

クリント・イーストウッドの「人生の特等席」を見ていたら、この歌が出て来た。老人が墓石に向かって歌っていた。不器用な老人の亡き妻への不器用な愛の歌だった。それが妙に心にしみた。色々あったが、私はSunshineに恵まれ、これ以上の贅沢は言えない。

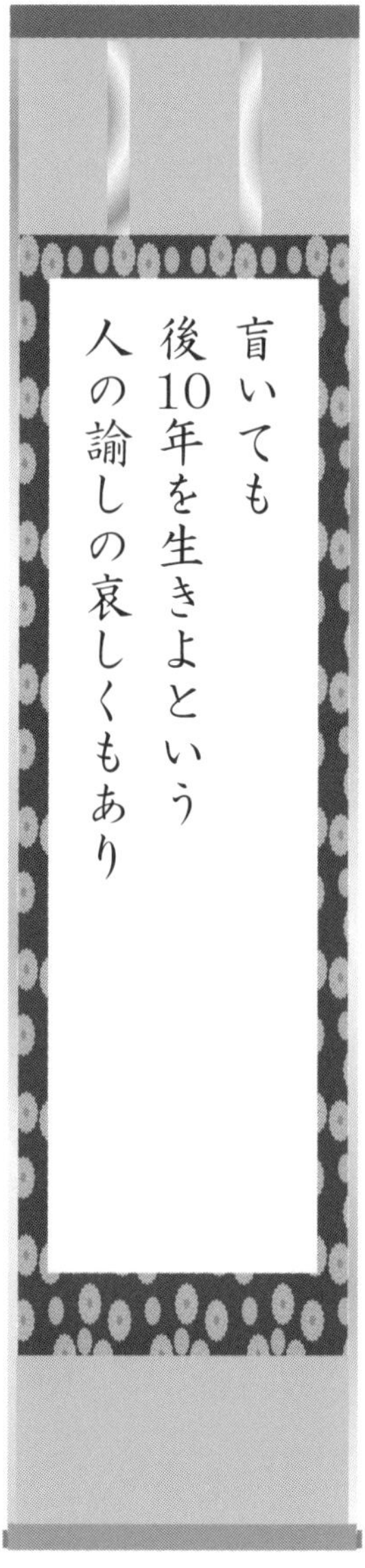
盲いても
後10年を生きよという
人の諭しの哀しくもあり

緑内障で右目は失明した。辛うじて左目で書いている。生き残るにしても、この先10年は人の憐れみを乞わねばならない。周りは友ばかりではない。彼の人も、子ども達も、遠くにいるのである。

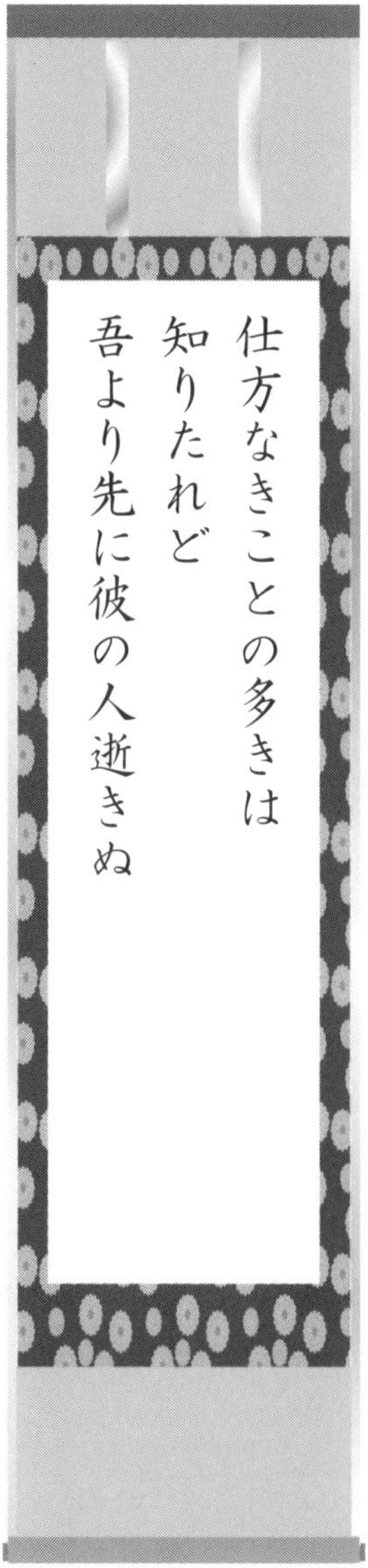
仕方なきことの多きは
知りたれど
吾より先に彼の人逝きぬ

がまんは大事だ。とりわけやせ我慢は大事だ。今日まで来られたのは、やせ我慢のお陰だ。年寄りは、争わず、抵抗せず、素直に無条件降伏の方が楽なのだが、そんな生き方はできない。何かが止めるのだ。「みっともない」と声が聞こえるのだ。なぜだろう？

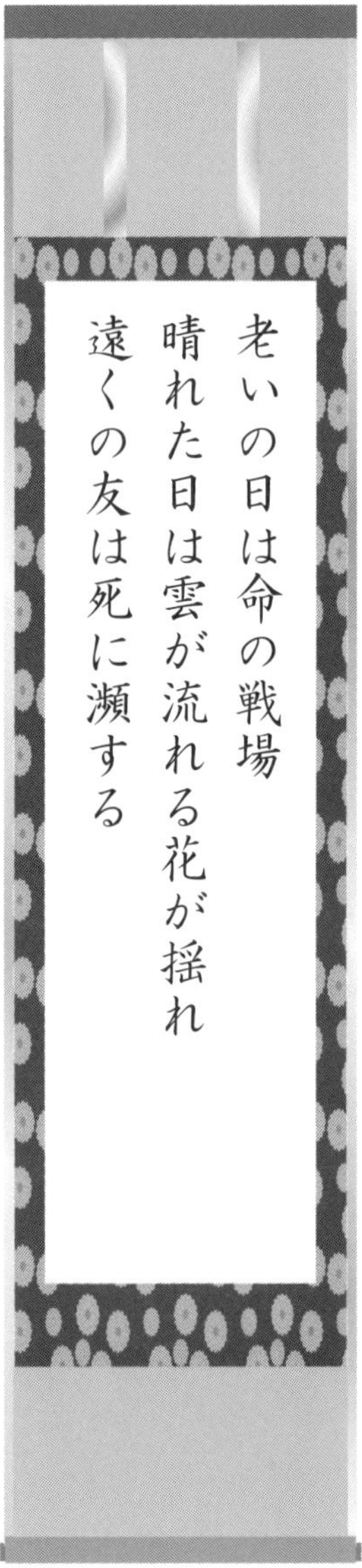
老いの日は命の戦場
晴れた日は雲が流れる花が揺れ
遠くの友は死に瀕する

自分も老いたが、友も老いた。命と戦っている者も居る。どうがんばってもこればかりは負け戦。友人達が立て続けに彼岸へ行った。帰ったものが居ないので向こうの様子は分からない。願わくば、此岸と同じように雲が流れ、花が揺れているといいのだが……。

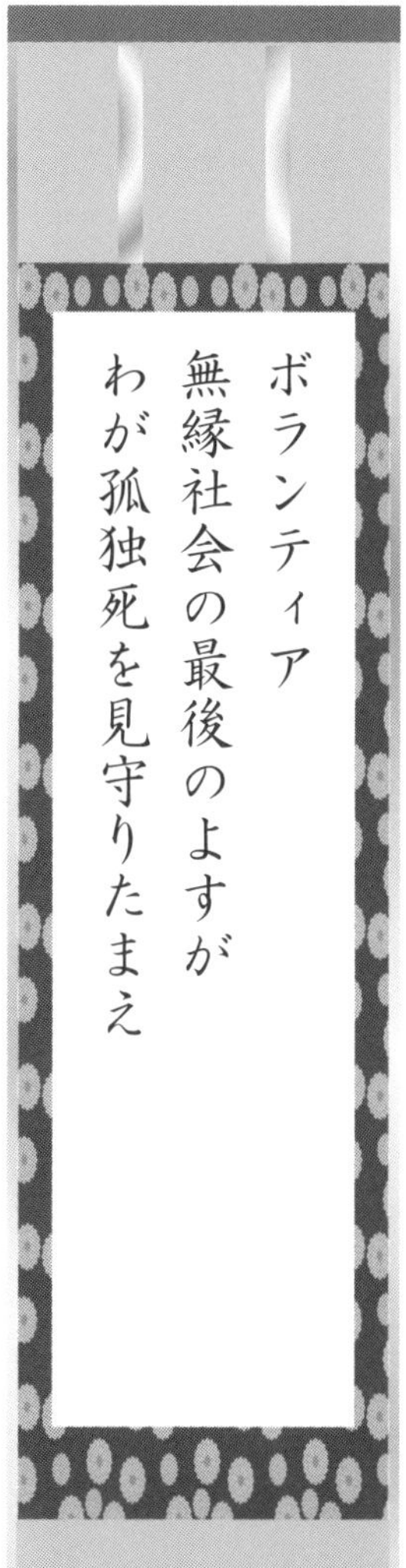
ボランティア
無縁社会の最後のよすが
わが孤独死を見守りたまえ

突き詰めた自由の果てが無縁社会。自己都合優先・自分勝手の行き止まり。自己実現の戦場で、最後は誰もいなくなり、年寄りは精神の餓死をする。独り身の最後の頼りは我が英語ボランティア。生徒達よ、間に合うようなら我が「死に水」を頼む！

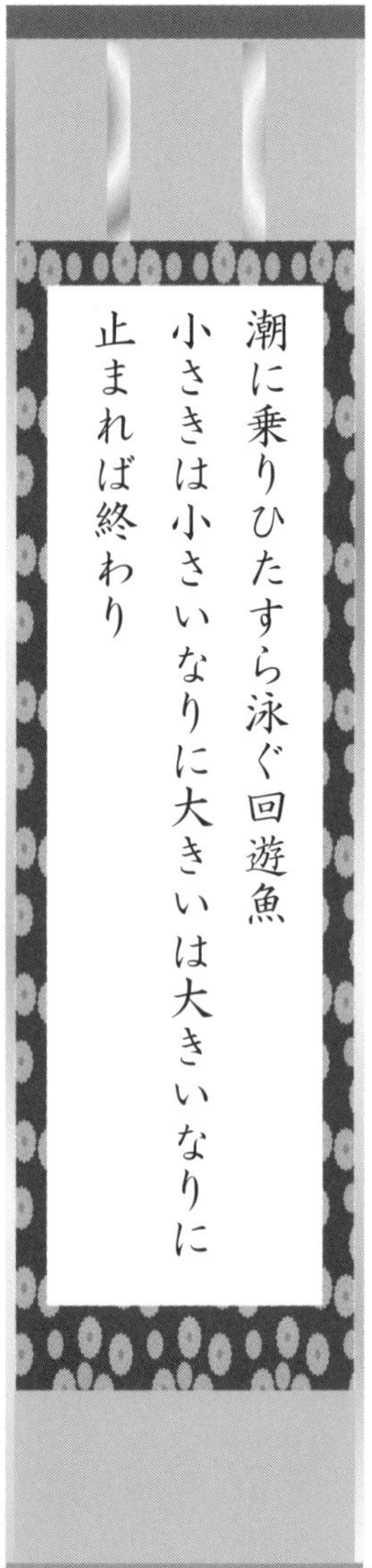
潮に乗りひたすら泳ぐ回遊魚
小さきは小さいなりに大きいは大きいなりに
止まれば終わり

私は回遊魚。別名は貧乏性。良く言えば、がんばりや。がんばっていないと生きる甲斐を見失う。回遊魚は、潮に乗り、潮に逆らい、がんばっているから美しい。回遊魚は止まれば死ぬ。貧乏性も動きが鈍くなると終わりに近い。終活短歌は最後の回遊か？

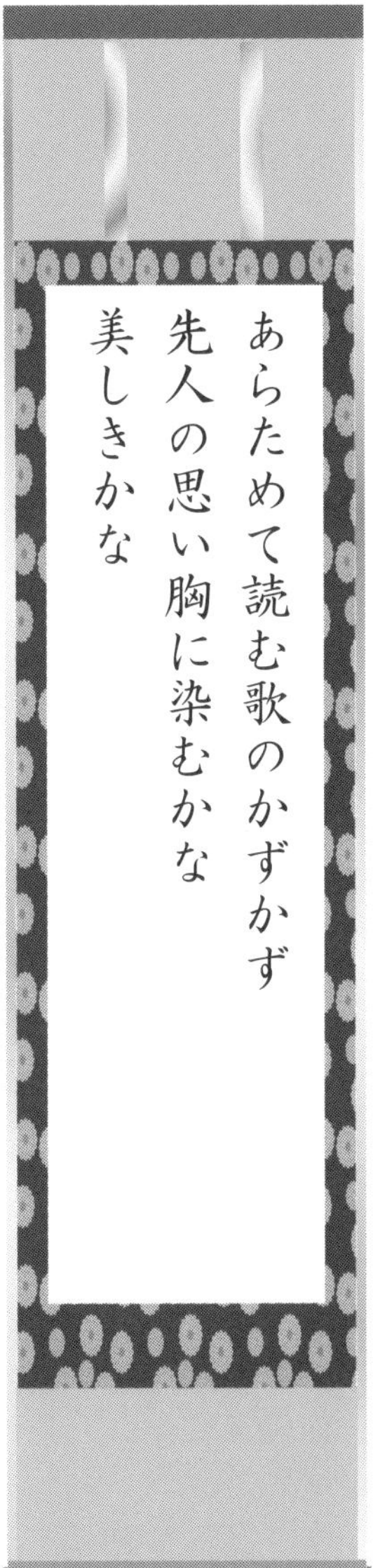
あらためて読む歌のかずかず
先人の思い胸に染むかな
美しきかな

終活短歌は突然思いついたわけではない。啄木や彼を取り巻く「生活派」と呼ばれる歌人の歌とともに生きて来た。今回は万葉集から昭和万葉集まで過去の歌集を読み返した。日本語は美しく、あらためて読んだ先人の歌もしみじみありがたかった。日本に短歌があって本当に良かった。

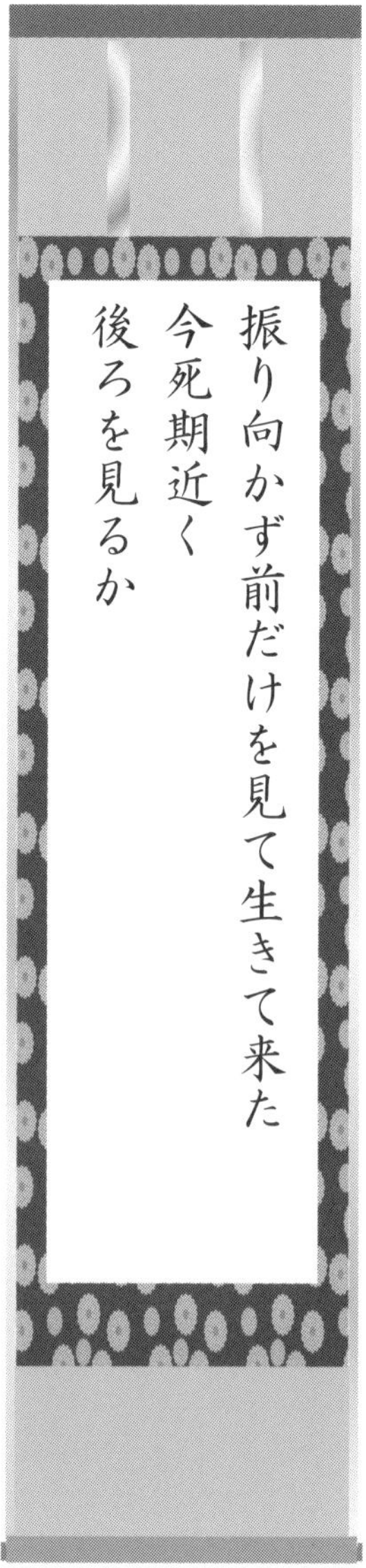
振り向かず前だけを見て生きて来た
今死期近く
後ろを見るか

過ぎたことは忘れていた。一生懸命前を向いて生きた。終活短歌を思い立って初めて古いアルバムを見た。

忘れたはずの過去が少しずつ蘇る。死期近く未練とはこれか！

歩けなくなったらお前を眠らせる
と決めた
蒼天の果て迄哀しい

カイザーが歩けなくなったら安楽死させると決めた。二人で駈け回った深い森の頂きに葬ると決めている。私も「尊厳死宣言」を書いて子ども達に送った。オレが逝くのもそう遠くはない。オレたちは戦友だった。今生の付き合いは終わりでも来世で逢おう。

たましいの火は衰えて老いの身に森の葉擦れの忘れがたかり

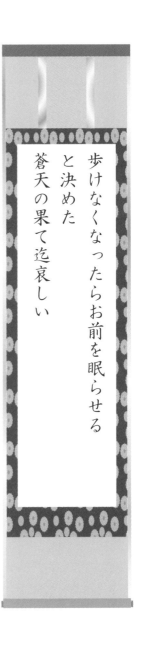

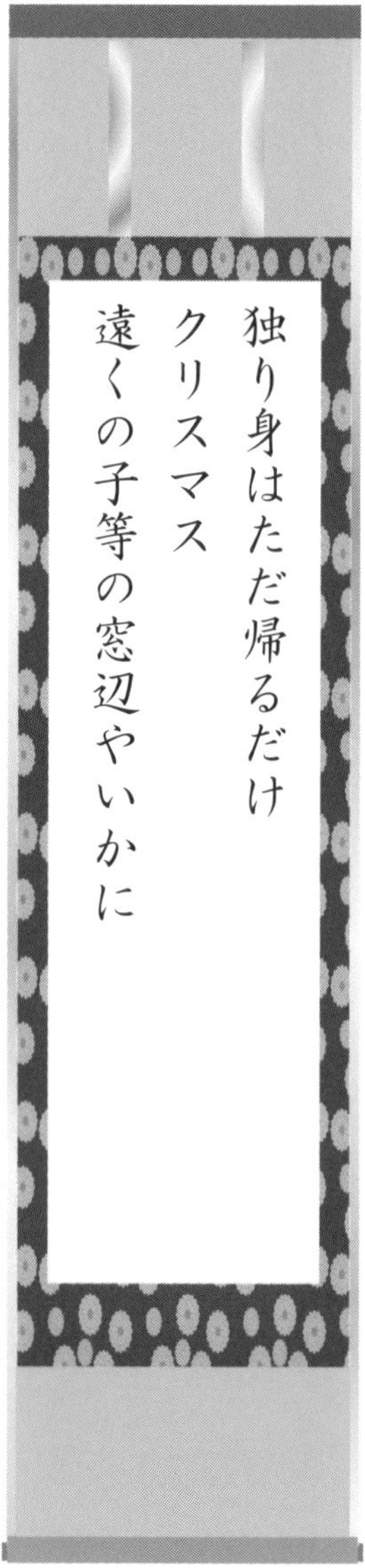
独り身はただ帰るだけ
クリスマス
遠くの子等の窓辺やいかに

クリスマスのイルミネーションが輝き、街はさんざめく。歩いていれば心浮き立つが帰途は寂しい。ひとり暮らしには祭りも宴もない。遠くの子ども達は元気でいると便りがあった。亡き妻が教えた通りにそれぞれの家で今年もクリスマスツリーを飾ったと言う。文化的ＤＮＡは健在だ！　どんな話が弾んでいるか？

遠き子の便り来にけり
亡き妻の
昔の便り読むがごとくに

私以外家族はみな筆無精である。中々手紙の返事は来ない。5通書いても1通の返事がくればいい。10行書いても1行の返事しか来ない。便りのないのが無事らしい！　一生懸命教えても、文化的DNAには遺伝するものと遺伝しないものがあるらしい。たまの便りを大事に持ち歩いていた時代もあった。インターネットの時代が来てもこちらが送らない限り滅多に連絡はない。そのくせ「スカイプ」をやろうなどと言う。時代遅れと言うであろうが、テレビ電話には、言語の持つ陰影がない。詩歌を否定している。

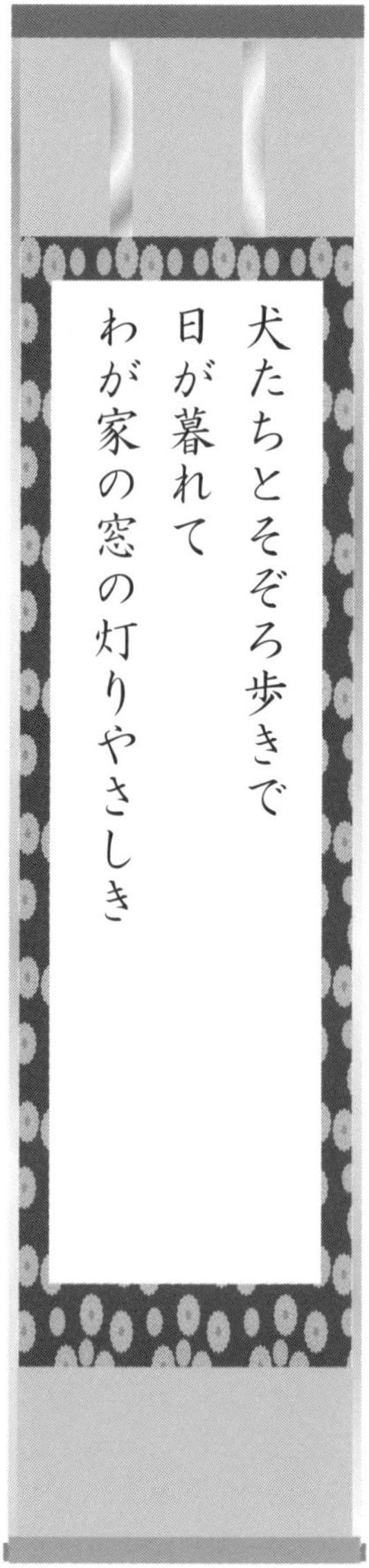
犬たちとそぞろ歩きで
日が暮れて
わが家の窓の灯りやさしき

老後のために小さな家を建てることは亡妻の企画だった。「とも白髪とは限らないよ」、「ぐずぐずしてると、明日はないよ」、「七十になったらできないよ」が口ぐせだった。彼女は、宗像の「宗林建設」の助言をもらって、隅から隅まで街中を探し回った。丘の上にたった一つ売れ残った土地を見つけた。団地造成の残土を積み上げた最後の土地だったらしく、高台で法面が多く、建坪に無駄が多かったので売れ残っていた。

城山に面し、田んぼが遥か山裾まで広がり、白い特急や青い特急の鹿児島本線が通る。設計はすべてアメリカ流で、「北側に大窓をつくれ」とか、「バルコニーを大きく」とか、日本の常識に反して、ずいぶん業者を泣かせた。この国の文化は鎖国が続いている。外国人との契約に色々面倒なことが多いのだろう。最後に会社の偉いさんが来た。「ご主人様のお名前でお願いできないでしょうか」？「妻の言う通りにやって下さい」と条件をつけて、最後に私が施主になった。かくして老後のための小さな家が完成したが、妻は5年後に急逝した。今、私は、雨の日も風の日も北の大窓に坐る。妻が選んだ風景が玄冬の自分を支えている。

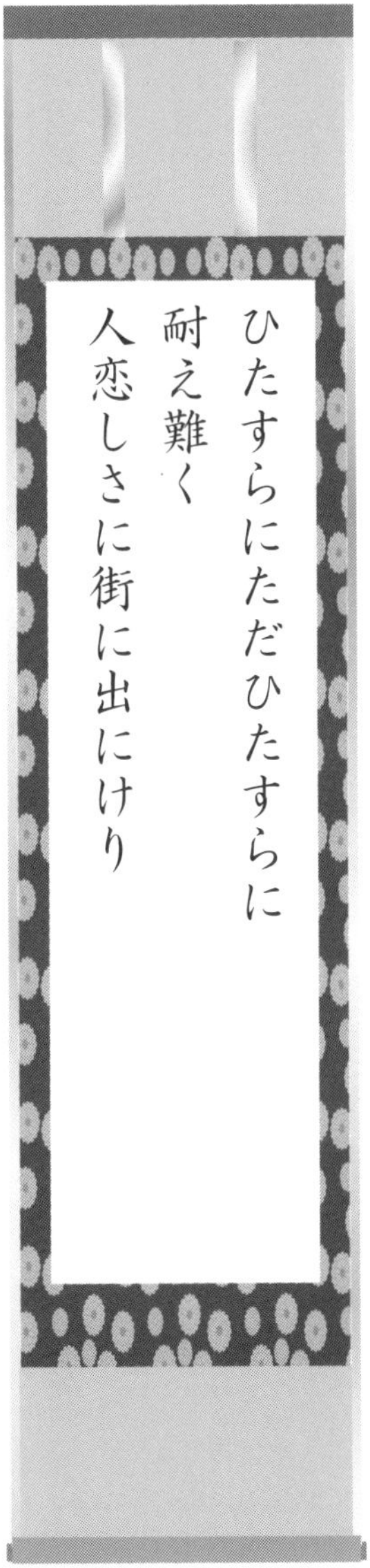
ひたすらにただひたすらに
耐え難く
人恋しさに街に出にけり

街は雑踏だと分かっていても、精神の平衡を失うとその雑踏に身を埋めたいという衝動が起こる。こんな時、酒飲みは酒を飲むのだろうが、下戸にそういう芸当はできない。大丸にしか使えない商品券をいただいたので、上等の散歩靴を買い、一人でデパートの食堂に坐った。郷愁に駆られて、何十年か前と同じオムライスを注文した。しかし、当方に食欲がないのに、昔の甘美な思い出が蘇るはずはない。思い出は人についているのに、人々の多くはすでに彼岸へ逝ってしまっている。

妻も逝き、娘は異国にいて、息子は東京にいる。そういえば孫と、デパートの食堂に坐ったこともない。となりでランチを楽しんでいる親子連れを見て、スパゲッティを「西洋もりそば」だと笑った敗戦後の父を思い出した。思い出を探しに行けば、もっと寂しくなるのだ。過去にすがって生きることなどできない！

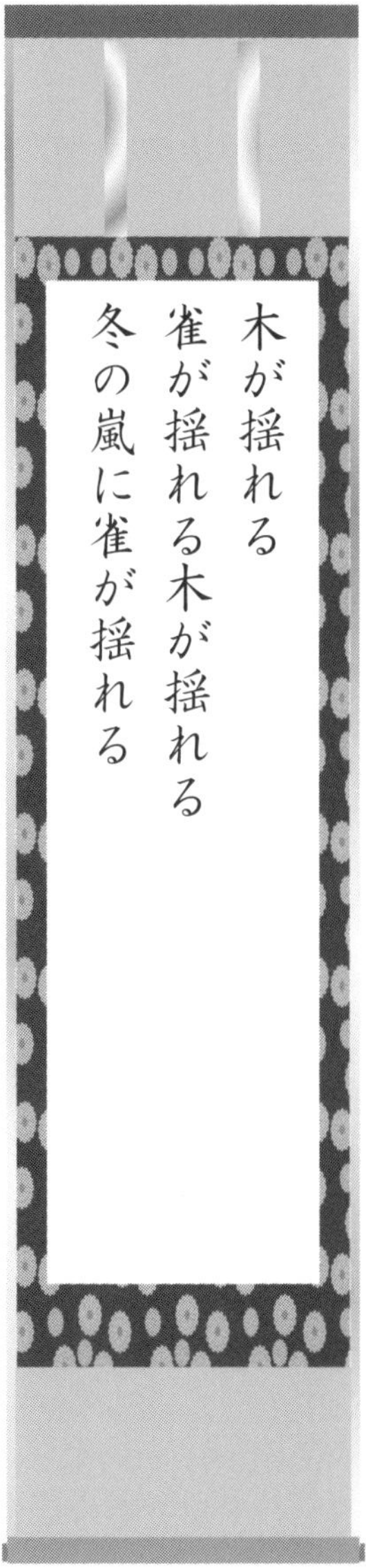
木が揺れる
雀が揺れる木が揺れる
冬の嵐に雀が揺れる

雀さえ必死に生きているのだと思えば、我が身を恥じ入る。時々そういう風景が見える。真摯に恥じることがある。

6　誰に憤るのか？

未熟な人間の権利を認めて、何もかも自由にした。

4鉢の朱の花植えて我が窓辺
にぎわい増しぬ
原稿終わる

いくら勉強しても退職後の高齢者に出番はない。いくつもの出版社の門を叩いたが、誰も相手にしてくれない。隠居は引っ込んでいろ、ということだろう。「お年寄り」と「お」をつけてもらってもそれは世辞だ。敬老とか言われるので余計腹が立つ。生涯現役は空文句。一億総活躍社会に年寄りは入っていない。担当大臣は一度敬老会を覗いてみたらいい。ばかばかしくてやっていられない。晩学者の出版は偶然、退職前の二人の高齢の出版人の縁に恵まれた幸運であったに過ぎない。

「さびしい日本人」が沢山います。「さびしい日本人」は共同体の成員から自由な個人となった過渡期の日本人の中に発生しました。……「さびしい日本人」の発生原因は主に二つあります。第一は共同体の衰退です。第二は、労働の単純化に伴うやり甲斐の喪失です。共同体の衰退によって多くの人々が人間関係の絆を失いました。また、労働の単純化によって多くの人が仕事に人生の意義を見出せないようになりました。共同体から自立した人々は、一見自由で、自立しているように見えますが、実態は大いに異なります。人々の言う自由は孤立に近く、人間関係の自立は孤独な暮しに重なっています。演歌は「人間砂漠」と呼び、社会学者は「孤独な群集」と呼びました。「さびしさ」の原因は、精神と感情において生き甲斐を失い、他者との暖かい人間関係を形成できていないからです。「さびしさ」から脱出するためには、自分の力で他者と繋がり、新しい生き甲斐と絆を見つけなければなりません。現代の日本人は自由に自分流で生きていますが、「何か」からの自由も「何か」への自由も、主体的に自らの人生を判

断して生きることは一筋縄では行きません。（拙著、『自分のためのボランティア』、学文社、平成22年、P.13～14）

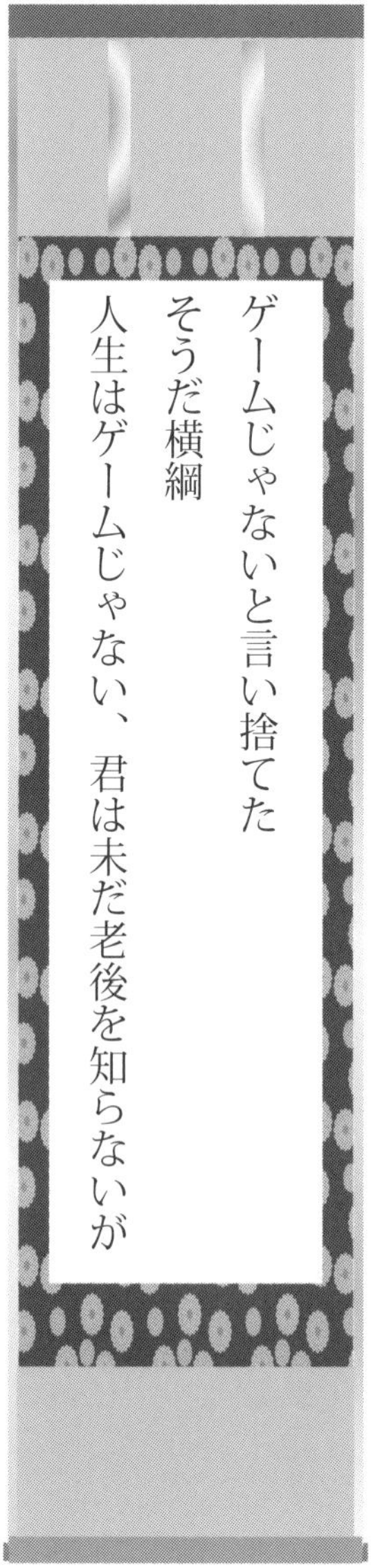
ゲームじゃないと言い捨てた
そうだ横綱
人生はゲームじゃない、君は未だ老後を知らないが

好取組は「楽しみですか」と視聴者にへつらうアナウンサーが聞いた。「相撲はゲームじゃない」と横綱が吐き捨てた。いいじゃないか、この啖呵！メディアやエンタメの奴らが偉そうな顔をする世間に生きて、独り年寄りもそうありたい。

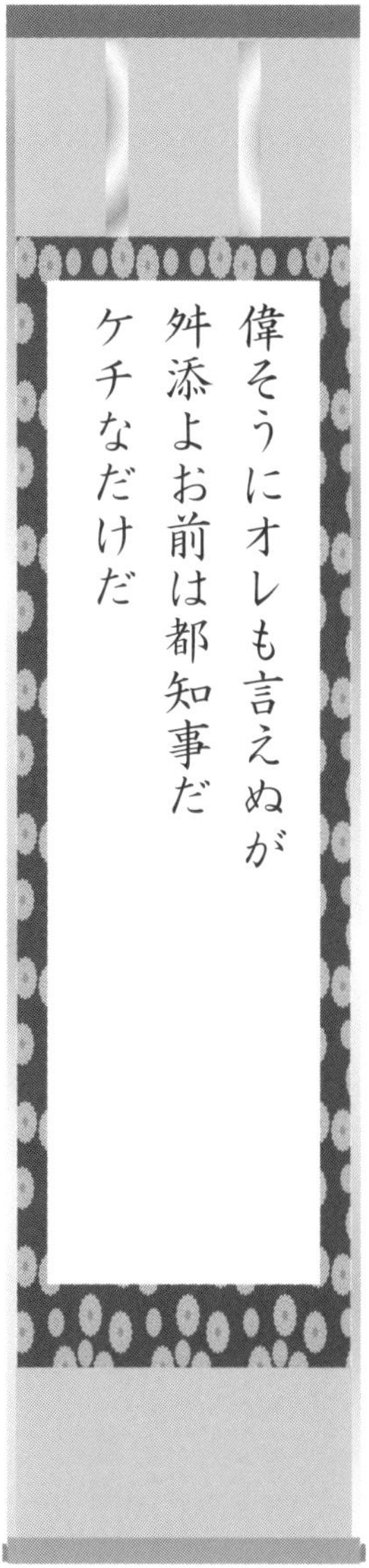
偉そうにオレも言えぬが
舛添よお前は都知事だ
ケチなだけだ

都知事よ、あなたの弁明を聞いた。「違法」ではないが、「適切」ではない、とは見苦しい。家族旅行費を政治資金から払って、あなたは単にケチったのだ。ふと魔がさすことは誰にでもあろうが、都知事は権力者。権力者に公私混同は許されない。都知事を続けることは「適切」ではない。東大にいたんだろう。それくらいは分かれ！

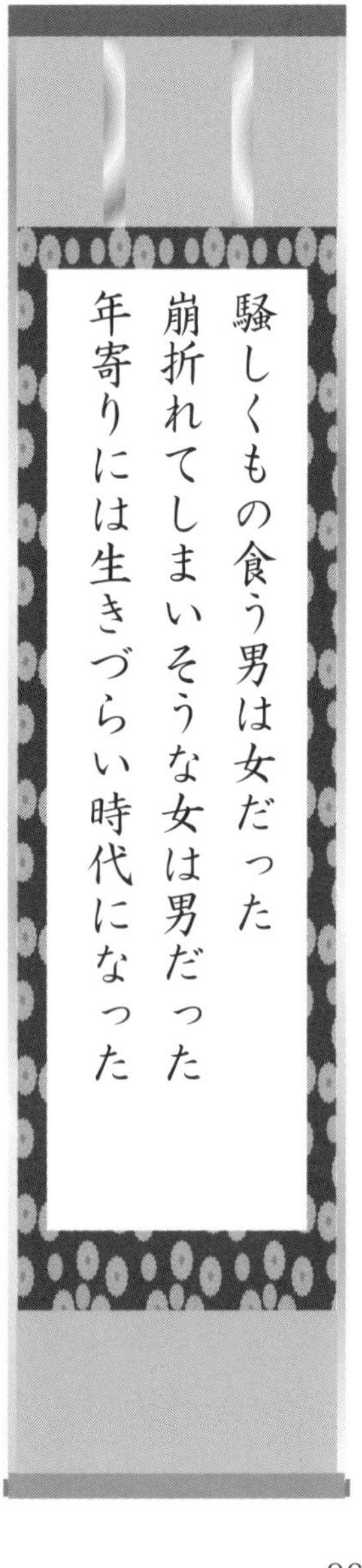
騒しくもの食う男は女だった
崩折れてしまいそうな女は男だった
年寄りには生きづらい時代になった

時代が変わるのは当然だが、節度と形式美のあった時代に生きた年寄りには簡単に受け入れられないものが多い。「自己中」がそうで、「傍若無人」もそうだ！

時と所を構わず泣き叫ぶガキもその親もがまんならない。彼らには、他者の不快についての「罪悪感」はない！　共同生活の「型」が崩れ、日常から節度や礼節がなくなった。それだけ暮らしが自由になったということだろうが、不自由であった時代の方が美しかった！　電車のとなりで化粧する女にとってオレはモノにすぎないのか？　自分の仲間以外は考慮すべき人間ではないのか。

無視することができるのは、周りを見下しているからだろう。この女に水をかけてやるのは「セクハラ」か、「暴行罪」か？

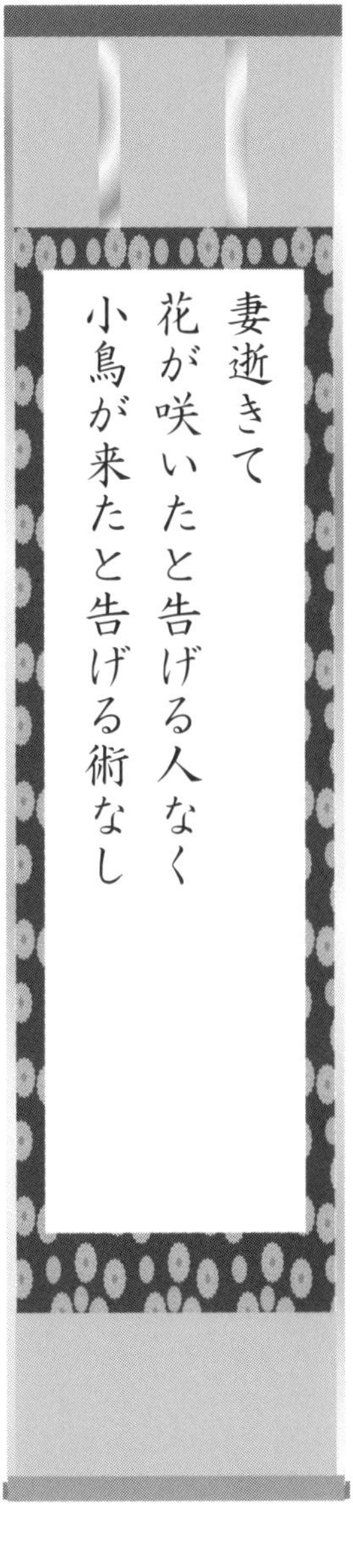
妻逝きて
花が咲いたと告げる人なく
小鳥が来たと告げる術なし

ひとり暮らしには日常会話がない。見せる人がいなくなれば、庭は草が繁茂する。客を呼ばなきゃならない、と毎日自分に言っている。掃除もしなくっちゃ、と思っている。気がつくと2〜3日、誰とも話をしていない。スーパーのお姉さんにありがとうと言っただけだ。これではボケるに決まってる！

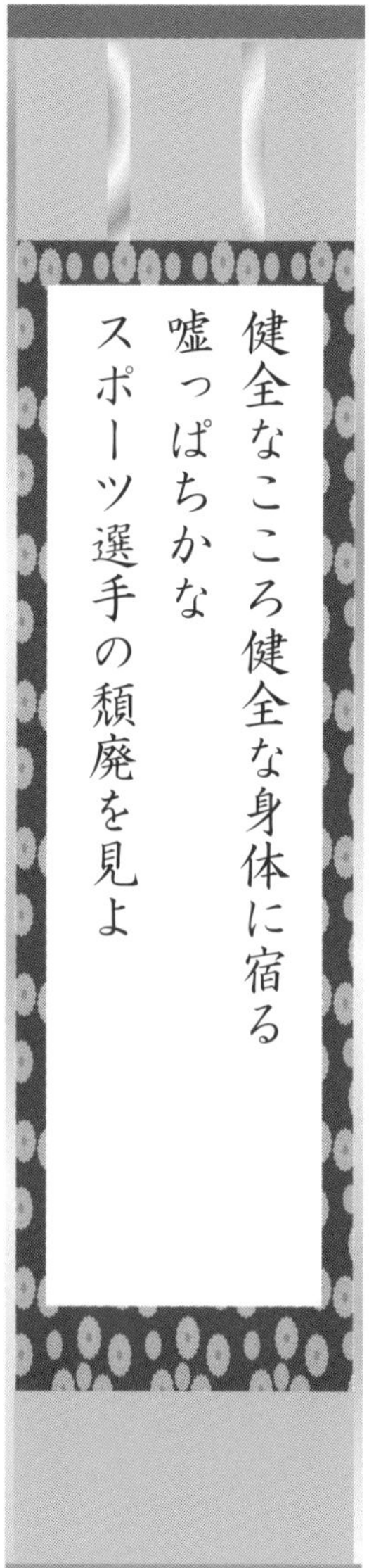
健全なこころ健全な身体に宿る
嘘っぱちかな
スポーツ選手の頽廃を見よ

エンタメばかりの世の中でメディアに乗ったおごりとうぬぼれ。スター達のだらしないこと甚だしい。それを弁護するバカもいる。信長が生きていたら即刻首を刎ねるだろう、比叡山の堕落坊主を焼いたように！

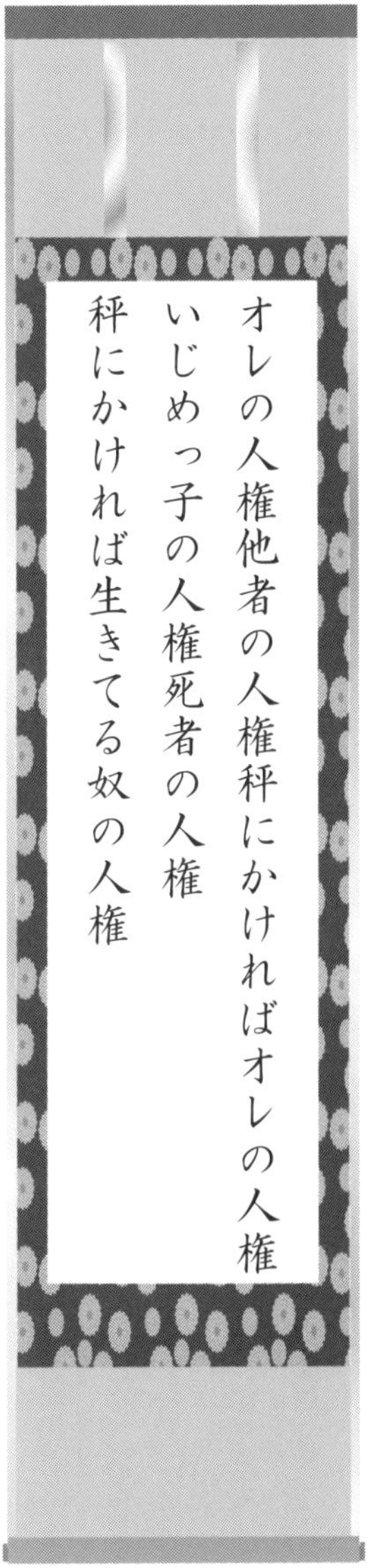
オレの人権他者の人権秤にかければオレの人権
いじめっ子の人権死者の人権
秤にかければ生きてる奴の人権

いじめっ子目にはさやかに見えねども遺書現れて驚かれぬる

平成に入って戦後教育はますます迷妄の度を深めました。

平成教育のスローガンは、「主体性」、「自律」、「個性」、「自己肯定」、「自尊感情」、「受容」、「支援」、「連携」となりました。これらを束ねたのが「人権教育」です。「世界に一つだけの花」、「みんな違ってみんないい」などが好まれて引用されました。しかし、結果的に平成教育が生み出したものは「早寝、早起き、朝ご飯」、「小一プロブレン」、「中一プロブレン」、「子どもの権利条例」、「自己中」、「虐待」、「荒れた学校（学級）」、「授業崩壊」、「指示待ち」、「ニート」、「いじめ」、「援助交際」、「万引き、かつあげ、暴走」など「過保護」・「過干渉」・「無鍛錬」が生み出した「教育公害」です。

したがって、戦後教育・平成教育が嫌ったものは「鍛錬」、「指導」、「集団行動」、「他律」、「評価」、「義務」、「一斉」、「ルール」、「加害者の処罰」、「自己否定」、「国家」、「半人前」などの概念でした。結果的に、日本社会が失ったものは、「体力」、「耐性」、「礼節」、「修行」、「規範」、「卑怯を憎む心」、「義侠心」、「社会貢献」、「結果責任」、「自己否定」と「向上心」でした。（拙著、『教育小咄——笑って許して』、日本地域社会研究所、平成27年、p．154）

7　不帰春秋～さよなら人生

季節は帰らない、誰も代わりには生きられない。

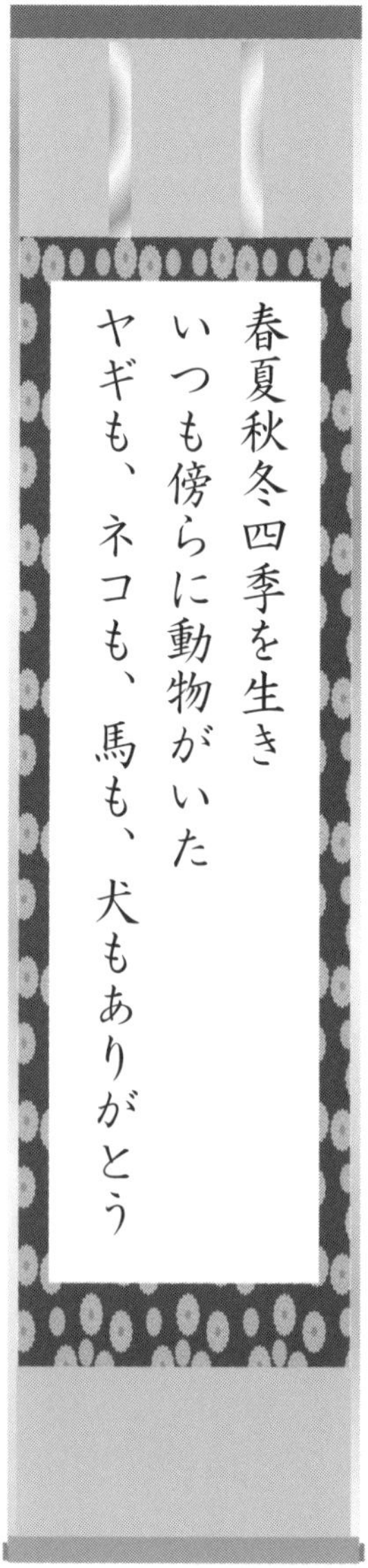
春夏秋冬四季を生き
いつも傍らに動物がいた
ヤギも、ネコも、馬も、犬もありがとう

人生の四季を生き、病弱の身が図らずも玄冬にまで辿り着いた。せめて格好よく逝きたいがそうは問屋が卸ろすまい。せめて真面目に一生懸命だったと言われたい。不信心者だが事故には遭わず、事件は切抜け、運が良かった。天が守ってくれたとしか思えない。動物にやさしくしたことを見ていてくれたに違いない。

犍陀多《かんただ》の蜘蛛の糸の轍は踏まない！

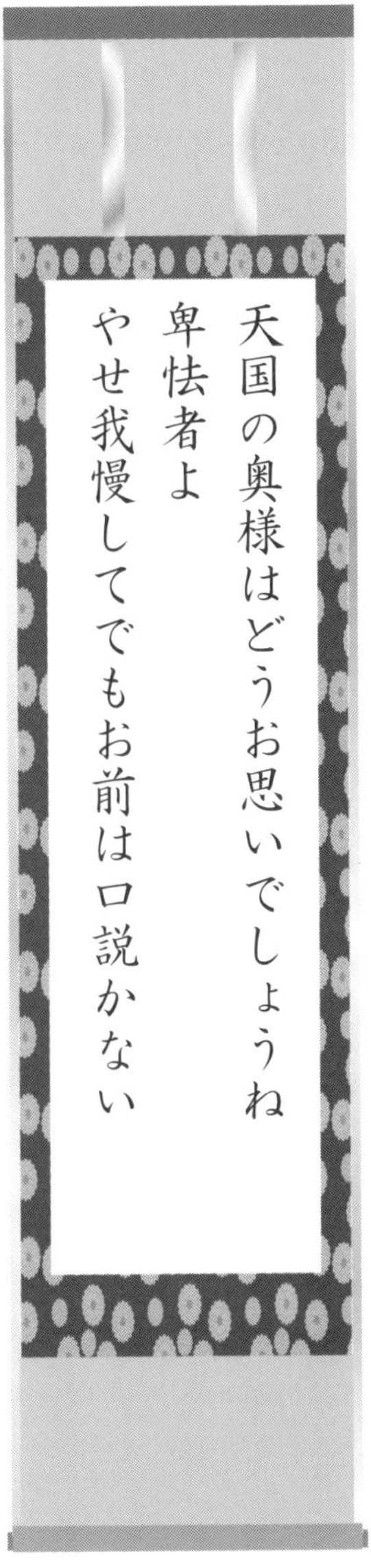
天国の奥様はどうお思いでしょうね
卑怯者よ
やせ我慢してでもお前は口説かない

妻よ、俺が死んだらアメリカに戻って最後はアメリカ人と暮らせ。お前が死んだら俺の好きにする。子ども達との思い出を壊さないよう再婚はしない。だから、卑怯者よ、女房のことを持ち出すな!!

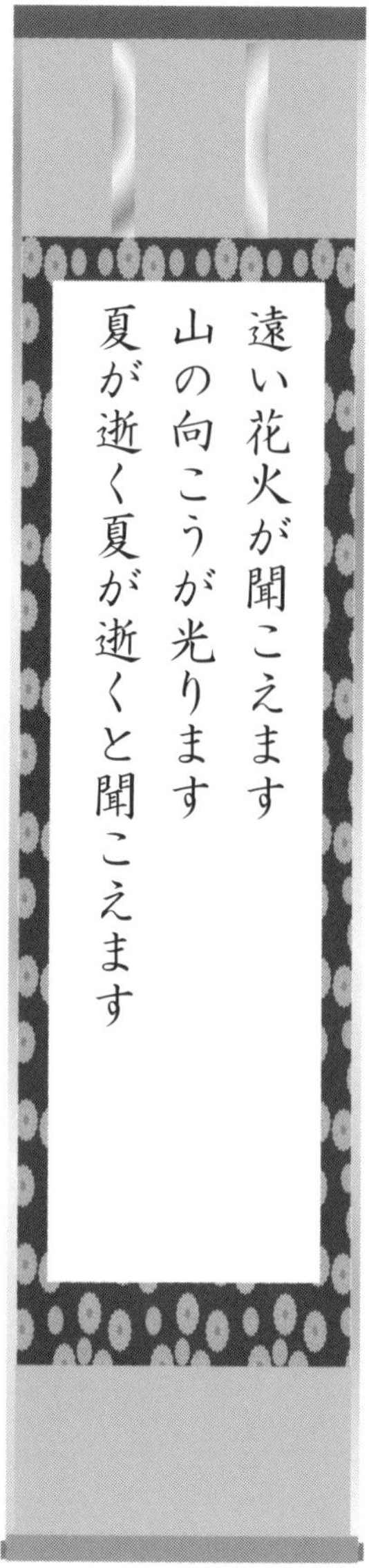
遠い花火が聞こえます
山の向こうが光ります
夏が逝く夏が逝くと聞こえます

季節の変わり目は切ないですね。命が燃えた夏の終わりは特に寂しい。明るい夏が恋しいと2階の窓辺に坐ります。

今日はこの夏一番の暑さでした。桜堤も人絶えて、夜の川辺の街灯が闇の深さを照らします。

花火の音が殷々とかぐろい青田を越えてきます。

カサブランカが散りました。

どうしてこんなに寂しいのでしょう。どうしてこんなに静かなのでしょう。

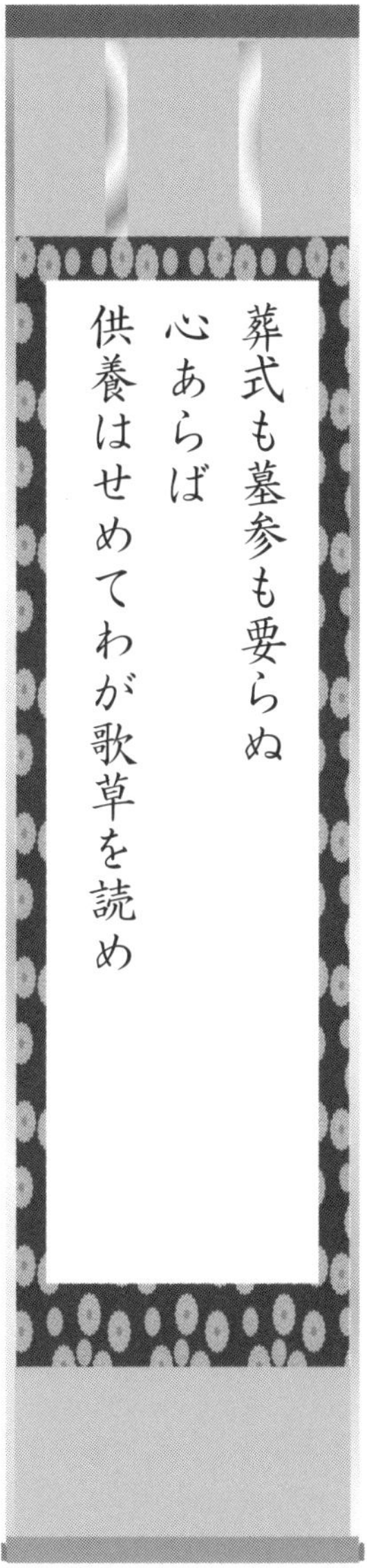
葬式も墓参も要らぬ
心あらば
供養はせめてわが歌草を読め

自分史は「紙の墓標」だと言う。詩歌もまた「墓標」になり得る。「私を忘れないで」という人間の未練の哀願に違いない。生物学上の死は仕方がない。だから葬儀は散骨でいい。わけの分からぬサンスクリットの読経も要らぬ。皆が集まってうまいものでも食って、著書を肴に噂でもしてくれれば極上の供養。孫の代までは伝説で居たい、と願うのは贅沢か。

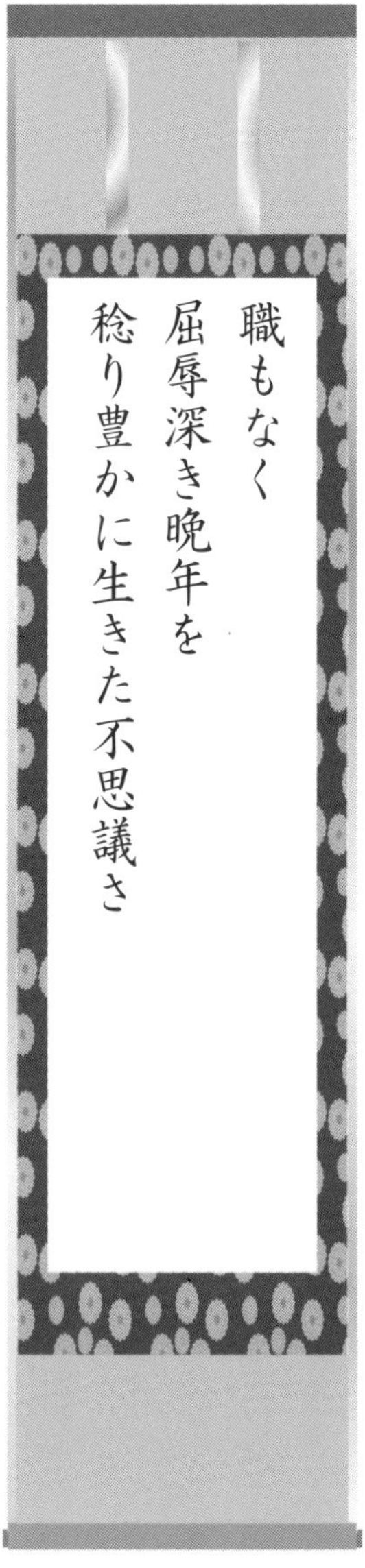
職もなく
屈辱深き晩年を
稔り豊かに生きた不思議さ

私の前期高齢期は、定年前の辞職から始まって、人生最悪の事件が次々と起きた。毎日が戦いで、日々頑張って生きざるを得なかった。今になって、振り返って見ると、前期のがんばりが、後期の健康と意欲に繋がっている。厳しい課題の多かった「前期高齢期」は、私の幸運であった。

もちろん、すべては、筆者の一身に起こった偶然であるが、「がんばった前期」は、「後期の健康寿命」に繋がるという原理は高齢者全体に当てはまるのではないか!?

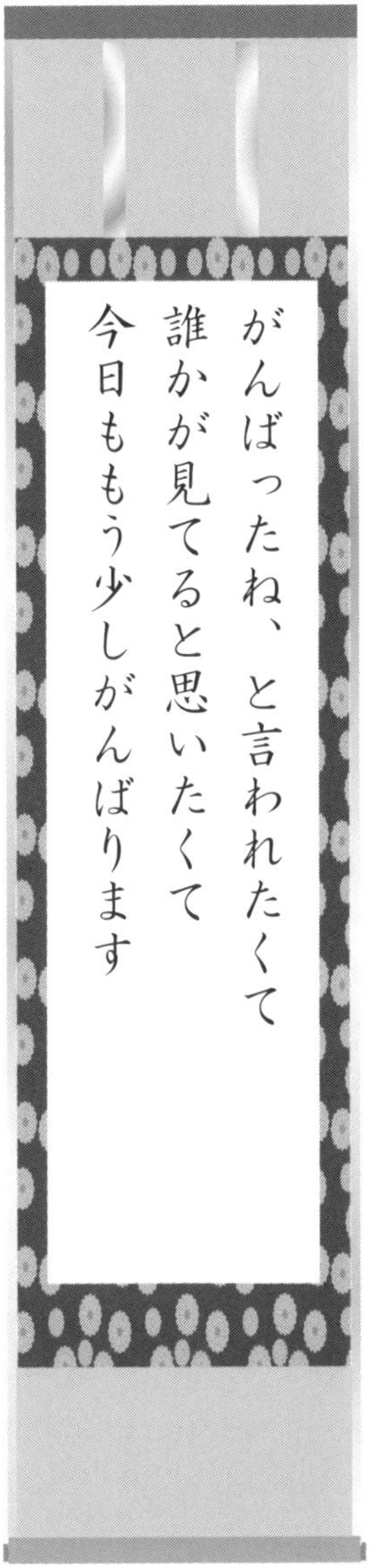
がんばったね、と言われたくて
誰かが見てると思いたくて
今日ももう少しがんばります

父母のしつけは「がんばれ、がんばれ」であった。両親ともよくがんばった。「がんばること」は病弱で、意気地なしで、不器用な自分の唯一の突破法になった。大きいことも小さいことも、がんばることを褒められて、がんばることが美しいと教えられた。「がんばり美学」が身に付いて、人生で付き合った人も「がんばる人」ばかりだったことに気付く。「がんばる」は自分の性格になり、物心ついた頃から後期高齢者の今日までがんばれ、がんばれと自分を励まして生きた。もうすぐ人生が終わるが、願わくば、最後までがんばり通したい。がんばり甲斐を見つければ、がんばったことが誇らしく、今日もがんばって生きるのです。がんばった日は飯がうまく、がんばった夜はよく眠り、がんばった人生は満足があるだろうと思うのです。

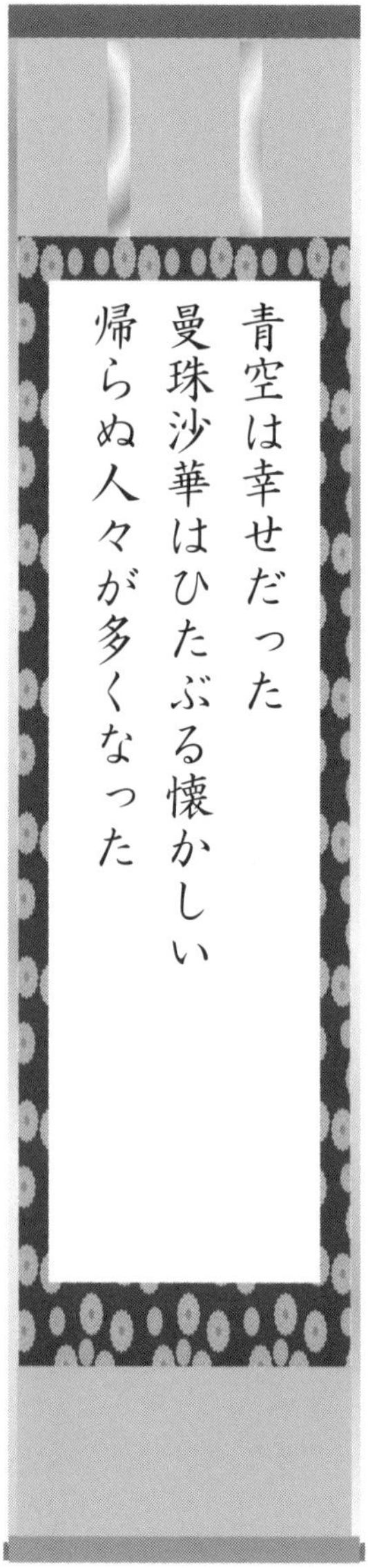
青空は幸せだった
曼珠沙華はひたぶる懐かしい
帰らぬ人々が多くなった

青空を見るといいことがあるように思える。青空の下では幸せだった。抜けるような青空が好きだ。元旦が晴れ上がっただけで一年がいい年になると予感した啄木もそう思ったに違いない。

一方、曼珠沙華は哀しい。犀川町の山辺では部落中が彼岸花で埋まる。通り抜けるだけで泣きそうになる。９月になると帰らぬ人を思い出す。

求菩提《くぼて》より寒田《さわだ》に出でて犀川はあふれんばかり曼珠沙華灯る

「まんじゅしゃげ抱くほど取れど母恋し」（中村汀女）と歌った人もいる。

揚げヒバリ
昔も今も揚げヒバリ
空の深みに昇らむとして

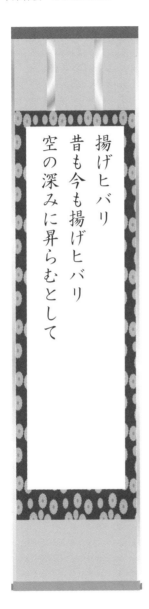

春のヒバリは希望だ。少年の日も、浪人の鬱屈の日も、行方の定まらぬ大学生の頃も、ヒバリを聞いた。プレジデント・クリーブランド号の甲板では自分自身が揚げヒバリになった。どこまでも、どこまでも昇って行けるような気がした。

我が論理いつか世に出る
そういう日が来る
信じて死ねるか

己を信じ、世の中を信じている日がある。信じられない日もある。信と不信が交互にやって来る。自信を持って送り出した研究成果だが一度も世の中に注目されたことはない。大事なことなのになぜ分からないのか、と憤懣の中で生きている。自己評価の難しいところだが、ナルシズムでは断じてない。晩学者はどこかで世間と折り合いをつけなければならない。いつか分かってくれると信じて逝くしかない。

死に近く我を入れざる世の中を恨みて生きる哀しからずや

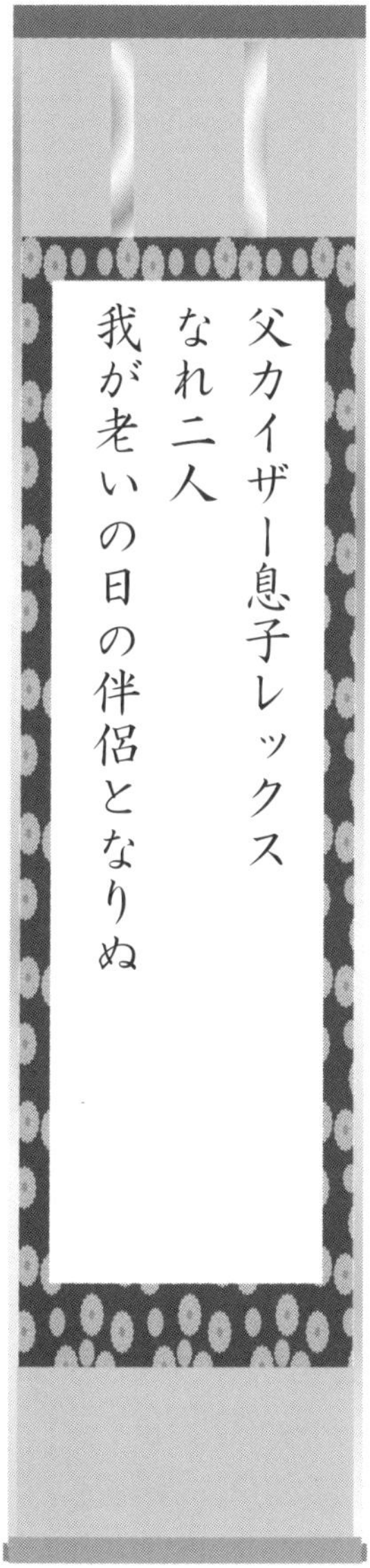
父カイザー息子レックス
なれ二人
我が老いの日の伴侶となりぬ

高齢期を元気に生きられたのは2匹のお陰である。カイザーの森を9年歩いた。妻の死後は、5年、毎日釣川の岸辺を歩いた。わが歌はその時の産物である。ペットの世話は大変ですね、と人は言う。2匹はペットではない。孫だ。だから「グランド・ドッグ」、と答えることにしている。犬は年をとるのが速い。ドッグ・イヤーである。

別れはさぞ辛いだろうが、彼らより先に逝くことはできない。だから細心の注意をしてがんばっている。

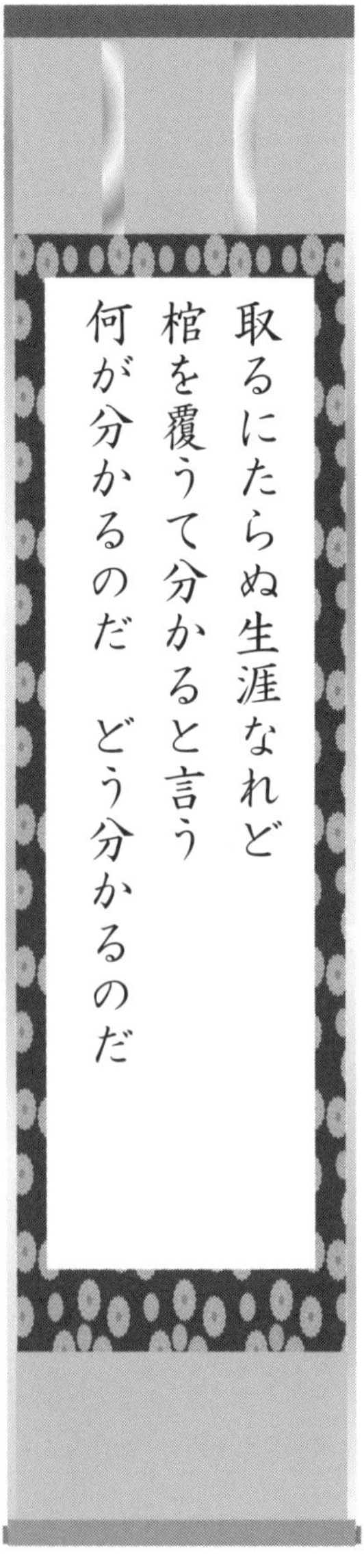
取るにたらぬ生涯なれど
棺を覆うて分かると言う
何が分かるのだ　どう分かるのだ

生き方の評価は難しい。自信はない。ただ一生懸命生きたことだけは残った
か？

あとがき

1　この世を辞するにあたっての事務処理

終活とは、この世を辞するにあたっての事務処理である。事務処理に抜かりがなければ、死後の混乱を防ぐことができる。終活ノートは、自分史を書かない人の人生の総括であり、残る人々への「さよなら」の代わりでもある。

無縁社会では誰もあなたのことを良く知らない。主体性と自己実現を目標とする社会だから、家族も遠慮してあなたの内面には踏み込まない。だからあなたが死んだら周りはどうしたら良いか分からない場合が多い。人間は貪欲だから、あなたの死を巡って争いごとも起こる。

自分らしく生きたいと願って来た人は、一度、自分の死後について書いてみるといい。書き始めてみると自分のことさえよく分かっていないことが分かる。

しきたりと伝統の崩れた「無規制社会」は、あらゆる「型」を崩し、精神の「無政府」をもたらした。節度と礼節を忘れ、しきたりも伝統も有名無実となった。その分、自由に自己決定ができるようになった。自己決定は個人の意志次第であり、また決定能力次第である。良く言えば「自己実現社会」だが、悪く転べば、その場しのぎの「自己分裂社会」になる。

2　自由と主体性を「自己実現」と勘違いした――「規制」と「秩序」を取っ払えば「創造」が生まれると錯覚した

「自己実現社会」は、文化の規制を取り払って自我を解放した。しかし、個人の主体性とは所詮「欲」に過ぎない。自己決定の自由の中に放り出された高齢者は、臨死の自由に戸惑うばかりだ。ぼけないかぎり、人生をどう締めくくるかの決定は個人の判断に委ねられるのである。死に方の規制緩和は、人間の終末を混乱させる。混乱の結果が「終活」である。

如何に死ぬかは、最後の自己実現であろうが、周りの人間がそれぞれに「我」を通せば、死後も思うようにはならない。だから終活文書は遺言になる。悲惨な物語を聞くにつけ、終活文書に法的拘束力を持たせる人も出て来た。

「自分の葬儀は、教会に頼んである。クリスチャンとして送ってもらいたい。家族も承知している。あなた方も参列してくれると嬉しい」。友人達に後事を託し、若くして逝った外国人の母がいた。病床の彼女を支えた異国の友人達は、金を寄せ合って遺児の奨学金を作った。友人達が葬儀に持参したら、故人の希望とは全く異なる新興宗教の葬儀になっていたと言う。友人達は「友の願いを裏切った家族に金は渡さない」、「遺児の成長を待って母の意志を伝える」と決めた、と言う。その後の対応を知らないが、斯くの如く、死後も人生は思うようにはならない。それゆえ、心配の向きは、終活ノートを法的に拘束力のある「遺言書」にしなければならないのである。

今まで通り、しきたりと伝統に則り、親族に任せ、寺に任せることのできる人はそれでいい。終活なんか面倒だと思う人も今まで通りでいいが、後で文句は言いっこなしだ。

3　絆の崩壊

ペットに財産を残すのも、自治体に老後を託すのも、家族の絆が崩壊しているからである。家族を信じず、家族に任せられない人が多くなったから終活なのだ。「自己中」が国を滅ぼしている。それが「主体性」の正体である。

聞こえて来る遺産の相続争いも誠にみっともない。認知症の親が増えれば、事後処理はますます大混乱を招く。葬式を老人施設に丸投げする家族が増えているのは周知の事実である。日本国は、個人の自己決定を追求して個人の不幸を招いている。人間の業であろう。成年後見制度にまつわる犯罪や混乱も枚挙にいとまがない。死後に魂が残るなら化けて出るはずだが、死は無に帰するだけ、魂は残らない。

だから、混乱を避けるために、死後の細かいことまで自分で決めておいてくれというわけだ。葬送の自由を言う人々は、葬式の仕方さえ自分で決める。生前葬までやる人が出て来た。自分の最後は病院にも医者にも任せない。「尊厳死宣言」というのも広がっている。「尊厳死宣言」は「腹を切らない切腹」である。安楽死を認めない国の「武士」の死に方なのだろう。筆者もすでに「宣言」を書いて子ども達に渡している。

主体性を認めるのなら、自殺者についても覚悟の自殺は認めるべきであろう。侍の文化もまだかすかに残っているのだ。

この世に絶望することはある。生きていても甲斐ないと思うこともあろう。自分だったらなるべく迷惑をかけぬよう覚悟の終活を書いて静かに逝きたいものである。このご時世、終末期の医療費を使わない心がけだけでも褒めて然るべきであろう。

散骨や樹木葬のような自然葬が広く知られて行けば、これから多くの寺が廃業に追い込まれる。多くの寺は、駐車場や幼稚園経営などに走って、人々の人生に寄り添って来なかった。「葬式仏教」とは良く言ったものだが、それさえも終わる。既存の宗教の末路であろうが、今度は新興宗教にだまされる人が出るだろう。主体性と慾を勘違いして、誰かに寄りかかって生きようとすれば、必ずそうなる。

それゆえ、終活は遺書と遺言のドッキングでもある。横文字でエンディング・ノートともいうが、金儲けのうまい葬儀屋が広めた終活記録の別名である。

4　男やもめに歌が湧いた

終活の「短歌で啖呵」は事務処理ではない。ある時から男やもめに歌が湧いたのである。歌は「贈る言葉」にしたかった。人生を振り返るとは、古いアルバムをめくるようだ。子どもや教え子への「最後のメッセージ」にしたかったが、果たしてそうなったか？　威勢良く終わりたかったのだが、短歌を咴呵にするのは簡単ではない。先人の辞世の短歌を読みなおして、感情過多のものにはしないと決意した。終わりを思えばどこか肩肘張るか、湿っぽくもなる。感傷は削ったつもりだが、削り切れなかったところはご容赦いただくほかはない。この世は名残惜しいが、死は遠くない。

あとがきのあとがき

人生には誠に思いがけないことが起こる。編集を担当してくれた矢野恭子さんが、中身を読んで、筆者と犬との関係を汲んでくれたのであろう。表紙に忠犬カイザーのイラストを使いたいので、デッサンのモデルになる写真を送れという注文が来た。思いがけない提案に驚いたが、編集者が著者の心情を察してくれたのが嬉しくて、7～8年前のスナップを送った。

著者校正が届いて仰天した。矢野さんの心づくしであろう。イラストではなく、スナップ写真がトリミングされて表紙になっていた。見えない目を凝らして30分も表紙を見ていた。今のカイザーも著者もボロボロで世の中には晒せない。だから写真は「時間詐欺」であるが、本書は忠犬と筆者の「形見」になった。このやさしい思い入れをしてくれた編集者はどんな女性であろうか？　久々に爺さんの血が騒ぐ。人生は捨てがたい。お逢いしてみたいものだ、と胸が騒ぐのである！

著者紹介

三浦清一郎(みうら・せいいちろう)

米国西ヴァージニア大学助教授、国立社会教育研修所、文部省を経て福岡教育大学教授、この間フルブライト交換教授としてシラキューズ大学、北カロライナ州立大学客員教授。平成3年福原学園常務理事、九州女子大学・九州共立大学副学長。平成12年三浦清一郎事務所を設立。生涯学習・社会システム研究者として自治体・学校などの顧問を勤めるかたわら月刊生涯学習通信「風の便り」編集長として教育・社会評論を展開している。大学を離れた後は、生涯教育現場の研究に集中し、近年の著書に、『市民の参画と地域活力の創造』(学文社)、『子育て支援の方法と少年教育の原点』(同)、『The Active Senior―これからの人生』(同)、『しつけの回復教えることの復権』(同)、『変わってしまった女 と変わりたくない男』(同)、『安楽余生やめますか、それとも人間止めますか』(同)、『自分のためのボランティア』(同)、『未来の必要―生涯教育立国論』(編著、同)、『熟年の自分史』(同)、『明日の学童保育』(日本地域社会研究所)、『心の危機の処方箋』(同)、『国際結婚の社会学』(同)、『教育小咄―笑って許して』(同)、『詩歌自分史のすすめ』(同)、『消滅自治体は都会の子が救う』(同)、『隠居文化と戦え』(同)がある。中国・四国・九州地区生涯教育実践研究交流会実行委員。

戦《たたか》う終活《しゅうかつ》　～短歌《たんか》で啖呵《たんか》～

2016年9月22日　第1刷発行

著　者　三浦清一郎《みうらせいいちろう》
発行者　落合英秋
発行所　株式会社 日本地域社会研究所
〒167-0043　東京都杉並区上荻 1-25-1
TEL　(03)5397-1231(代表)
FAX　(03)5397-1237
メールアドレス　tps@n-chiken.com
ホームページ　http://www.n-chiken.com
郵便振替口座　00150-1-41143
印刷所　中央精版印刷株式会社

落丁・乱丁本はお取り替えいたします。
ISBN978-4-89022-186-8

日本地域社会研究所の好評図書

特定非営利活動法人いばしょづくり編…「不登校」は特別なことではない。不登校サポートの現場から生まれた保護者や経験者・本人の体験談や前向きになれる支援者の熱いメッセージ&ヒント集。

不登校、ひとりじゃない　決してひとりで悩まないで！

46判247頁／1800円

根来文生著／関敏夫監修／エコハ出版編…世界的な問題になっているコンピュータウイルスが、なぜ存在するかの原因に迫った40年間の研究成果。根本的な解決策を解き明かす待望の1冊。

世界初！コンピュータウイルスを無力化するプログラム革命（LYEE）　あらゆる電子機器の危機を解放する

A5判200頁／2500円

野澤宗二郎著…企業が生き残り成長するには、関係性の深い異分野の動向と先進的成果を貪欲に吸収し、社会的ニーズに迅速に対処できる革新的仕組みづくりをめざすことだ。次なるビジネスモデル構築のための必読書。

複雑性マネジメントとイノベーション～生きとし生ける経営学～

46判254頁／1852円

三浦清一郎著…国際結婚は個人同士の結婚であると同時に、ふたりを育てた異なった文化間の「擦り合わせ」でもある。アメリカ人妻の言動が映し出す日本文化の特性を論じ、あわせて著者が垣間見たアメリカ文化を分析した話題の書。

国際結婚の社会学　アメリカ人妻の「鏡」に映った日本

46判170頁／1528円

鈴木克也著／エコハ出版編…「市田の干し柿」は南信州の恵まれた自然・風土の中で育ち、日本の代表的な地域ブランドだ。「農と食の王国シリーズ」第一弾！

農と食の王国シリーズ

柿の王国　～信州・市田の干し柿のふるさと～

A5判114頁／1250円

小高臣彦著…吹奏楽の基礎知識から、楽器、運指、指揮法、移調…まで。イラスト付きでわかりやすくていねいに解説。吹奏楽を始める人、楽しむ人にうってつけの1冊！

超やさしい吹奏楽　ようこそ！ブラバンの世界へ

A5判177頁／1800円

日本地域社会研究所の好評図書

教育小咄 〜笑って、許して〜

三浦清一郎著…活字離れと、固い話が嫌われるご時世。高齢者教育・男女共同参画教育・青少年教育の3分野で、生涯学習・社会システム研究者が、ちょっと笑えるユニークな教育論を展開！

46判179頁／1600円

防災学習読本 大震災に備える！

坂井知志・小沼涼編著…2020年東京オリンピックの日に大地震が起きたらどうするか!? 震災の記憶を風化させないために今の防災教育は十分とはいえない。非常時に助け合う関係をつくるための学生と紡いだ物語。

46判103頁／926円

地域活動の時代を拓く コミュニティづくりのコーディネーター×サポーターの実践事例

みんなで本を出そう会編…老若男女がコミュニティと共に生きるためには？ 共創・協働の人づくり・まちづくりと生きがいづくりを提言。みんなで本を出そう会の第2弾！

46判354頁／2500円

コミュニティ手帳 都市生活者のための緩やかな共同体づくり

落合英秋・鈴木克也・本多忠夫著／ザ・コミュニティ編…人と人をつなぎ地域を活性化するために、「地域創生」と新しいコミュニティづくりの必要性を説く。みんなが地域で生きる時代の必携書！

46判124頁／1200円

詩歌自分史のすすめ ――不帰春秋片想い――

三浦清一郎著…人生の軌跡や折々の感慨を詩歌に託して書き記す。不出来でも思いの丈が通じれば上出来。人は死んでも「紙の墓標」は残る。大いに書くべし！

46判149頁／1480円

成功する発明・知財ビジネス 未来を先取りする知的財産戦略

中本繁実著…お金も使わず、タダの「頭」と「脳」を使うだけ。得意な経験と知識を生かし、趣味を実益につなげる。ワクワク未来を創る発明家を育てたいと、発明学会会長が説く「サクセス発明道」。

46判248頁／1800円